KB126048

섬을 사랑하는 모든 이에게
이 책을 드립니다.

저자 장덕송

인생의 황혼기에 만난 고금도, 그 15년

서울 학교니
남아서 섬에 가다

인생의 황혼기에 만난 고금도, 그 15년

서울 할머니 날아서 섬에 가다

초판 1쇄 인쇄일 2016년 10월 10일
초판 1쇄 발행일 2016년 10월 17일

지은이 장원숙
펴낸이 양옥매
디자인 남다희
교 정 이은영
그림 촬영 조수연

펴낸곳 도서출판 책과나무
출판등록 제2012-000376
주소 서울특별시 마포구 방울내로 79 이노빌딩 302호
대표전화 02.372.1537 팩스 02.372.1538
이메일 booknamu2007@naver.com
홈페이지 www.booknamu.com
ISBN 979-11-5776-261-3(03810)

이 도서의 국립중앙도서관 출판시도서목록(CIP)은 서지정보유통지원 시스템
홈페이지(http://seoji.nl.go.kr)와 국가자료공동목록시스템
(http://www.nl.go.kr/kolisnet)에서 이용하실 수 있습니다.
(CIP제어번호 : CIP2016022939)

인생의 황혼기에 만난 고금도, 그 15년

서울 할머니 낳아서 섬에 가다

책과나무

이 글이 시작된 장소는 완도군 고금면이다.

2001년,

밤이면 불빛 하나 없이 칠흑 같은 이 섬의 남쪽 끝자락에 컨테이너를 하나 가져다 놓고

환갑을 앞둔 의욕에 찬 사나이가 온실 속 화초 같이 비리비리한 아내를 이곳으로 끌고 왔다.

연약한 아내는 남편의 공사를 돕다가 병이 나 도시로 돌아갔다.

뽑아 든 칼은 다시 칼집에 넣지 않고 무라도 자른다는 무사의 정신으로

남자는 혼자서 공사를 계속했다.

작업장을 지으면서 남자는 살림집도 함께 지었다.

작업장 관리사 형식의 집이어서 등기부 등본도 없다.

집의 외관은 이곳의 시골집들보다 더 볼품이 없었다.

그래도 내부는 전에 살던 서울 아파트와 같은 구조로 만들었다.

일 년 만에 집이 완성되고

도시의 살림살이들이 바다를 건너 이 섬으로 들어왔다.

하늘을 찌를 듯한 남편의 의욕을 꺾지 못한 아내는

자신의 의견은 아무 소용이 없음을 이미 알고 있었다.

살림살이들은 서울 아파트에서와 같은 위치에 자리를 잡았다.

마당은 비가 오면 배가 둥실 떠다니게 생겼고

마당가에는 키가 큰 온갖 잡풀로 뒤덮여 산으로 이어졌다.

숲은 완전 원시림과 같아 산짐승들이 우글거렸다.

잿빛 죽은 소나무 가지들은 땅까지 늘어져 가시넝쿨이나 칡넝쿨과

얽히고 설켜 한낮에도 어둠이 깔려 있었다.

사람들은 이곳을 도둑골이라 부른다.

아주 먼 옛날에 도둑들이 정말 이곳에 살았다고 한다.

내가 와서 내 맘대로 이름을 바꿨다. 도덕 포구라고…

2004년이면 연육교가 생길 거라던 남자의 말과 달리

3년이 더 지나서야 다리가 놓여졌다.

2016년 10월 장원숙

/ 목차

* 본문의 사진은 저자의 앞마당을 촬영한 것입니다.

인생의 황혼기에 만난 고금도, 그 15년

서울 함께
날아서 섬에 가다

섬

순대 속 같은
세상살이를 핑계로
퇴근길이면
술집으로 향한다

우리는 늘 하나라고
건배를 하면서도
등 기댈 벽조차 없다는
생각으로
나는 술잔에 떠있는
한 개 섬이다

술 취해 돌아오는
내 그림자
그대 또한
한 개 섬이다

섬 300X210

내가 좋아하는 신승배님의 『섬』이라는 시다.

장사익씨의 피를 토해내는 듯, 영혼을 뒤흔드는 목청으로 부르는 듯한 이 시를 읊을 때면 한없는 외로움이 나를 휘감아 때로는 눈가가 촉촉해진다.

2002년 3월, 나는 정년퇴직한 남편과 함께 서울생활을 청산하고 고독에 떠 있는 한 개 섬을 찾아 수수하게 집을 지어 이사를 했다.

남편이나 나나 2년 전까지만 해도 이 섬의 이름조차 몰랐고, 우리나라 어느 곳에 위치해 있는지는 더더욱 알지 못했다. 우리들 자신도, 친척이나 지우들도, 우리가 고향을 멀리 떠나 남쪽 끝 이곳에서, 이 나이에 새 인생을 설계할 줄은 꿈에도 상상하지 못했다.

어찌되었건 소녀시절 그토록 매혹적이었던 그 바다가, 마당에서도 마루에서도 방안에서도 눈앞에 찬란하게 펼쳐져 있다..

포구의 겨울

2003. 01. 15.

날씨가 추워지면 포구가 한산하다.

배들은 한가로이 여가를 즐기고 우리 집 개들은 자유를 얻는다.

바닷가 외딴 곳이라 항상 조용하리라 생각했던 것과는 달리 새벽 다섯 시부터 경운기들이 줄지어 우리 집 앞을 지나 포구로 향한다. 포구와 호숙이, 그리고 탐진이는 사납게 짖어댄다.

오전 열 시경 통발에서 건져 올린 싱싱한 생선들을 실은 배들이 하나둘 포구에 닻을 내리고, 경운기들은 다시 우리 집 앞을 지나간다. 매일 보는 얼굴인데도 우리 집 개들은 봐 주는 법이 없다. 내가 길 가까이 서 있을 때는 미안해서 "이웃사촌이시다. 짖지 마라." 하고 소리친다.

허나 경운기 소리에 내 소리가 들리지 않는지 더 짖어댄다. 묶어 놓지 않으면 쫓아가며 계속 짖어대기 때문에 모두 묶어 놓기 일쑤다.

경운기가 돌아간 점심시간이나 해질 무렵이면 나는 개들에게 자유를 준다. 며칠 추운 날씨 덕에 세 녀석 모두 사슬에서 해방되어 바닷가와 온 숲을 헤집고 다닌다. 도깨비방망이 같은 풀씨를 잔뜩 묻혀 고슴도치가 되어 돌아와, 따뜻한 겨울 햇살 아래 누워 오수를 즐긴다.

집터

2003. 01. 16.

내가 처음 집터를 보았을 때, 그날도 오늘처럼 따뜻한 겨울날씨였다.

동네 앞길을 벗어나 포구로 향하는 골짜기 길로 접어들어 잠시 언덕을 오르는가 싶다가, 포구로 내리닫는 내리막길 중간에 소나무와 대나무의 작은 숲이 있고, 그 앞에는 잡초가 무성한, 넓고 반듯한 집을 지을 터가 있었다.

그 반듯한 터 아래로 경사진 밭은 무엇인가 수확을 한 흔적이 있고, 밭과 산의 경계선에는 감나무 몇 그루가 앙상한 가지를 드러내고 있었다. 그리고 밭 끝자락에는 방풍을 위해 심은 것으로 보이는 사철나무가 바다를 향해 일렬로 나란히 서 있다.

나중에 안 일이지만, 그 집터는 아주 옛날에 이곳의 부자가 집을 짓고 살았던 오래된 집터였다. 집터 뒤 북쪽의 병풍처럼 둘러친 아담한 대나무 숲은 가히 선비의 풍류를 짐작하게 한다.

언덕 아래로 조금 멀리, 미풍에 반짝이는 잔잔한 남쪽 바다를 바라보며, 대숲에 일렁이는 바람소리와 송화의 향기에 취했음 직하다.

쭈꾸미

2003. 01. 16.

아침잠이 많은 나는, 오전 9시가 지나야 일어난다. 그렇다고 수면시간이 긴 것은 아니다. 새벽 두 시경에 잠자리에 들 때도 있고, 아니면 서너 시까지도 잠을 못 이루곤 한다.

남편은 일찍 자나 늦게 자나, 나보다 삼십 분 혹은 한 시간 가량 일찍 일어난다.

남편이 직장에 나가고 아들들이 어렸을 때는 아침에 일찍 일어났고, 낮잠 없이도 나의 수면시간은 다섯 시간 정도였다. 원래 잠이 없는 편이어서 불편함 없이 잘 살았는데, 나이가 들고 나서는 일부러라도 늦게 일어나 하루 일곱 시간 정도 자야 하루를 그럭저럭 지낼 건강이 허락된다.

작년 이른 봄, 동이 틀 무렵이다.

한참 단잠에 빠져있는 새벽 여섯 시경, 요란하게 누가 현관문을 두드린다. 잠옷 위에 두툼한 가운을 입고, 잠귀 밝은 내가 잠이 덜 깬 눈을 비비며 현관문을 반쯤 연다.

"아따, 입때 자요! 방금 잡은 쭈꾸미랑 낙지 좀 가져 왔응게, 언능 바가지 가져 오쇼- 잉!"

집 앞 언덕진 시멘트 포장길에는 발동을 끄지 않은 경운기가 '덜덜덜 덜' 새벽공기를 진동하는 굉음을 내며 서 있고, 아낙의 남편이 모자챙을 붙잡고 고개를 끄덕이며 환한 미소로 인사한다.

시골 인심

2003. 01. 17.

바다에 나가 일 하는 사람 중에 가장 젊은 사람이 나이 50이 다된 석일 씨다. 그는 체격이 건장하고 잘생긴 얼굴에 성격도 좋다. 동네 사람들은 그를 청년이라고 부르지만 정작 한창 나이의 젊은 청년들은 힘든 바다 일을 하지 않는다.

바닷가에서 배로 싣고 온 굴 더미를 경운기로 옮기다가 산책하는 나를 슬쩍 쳐다보더니,
"안 심심허요— 잉." 하고 물었다. 내가 고개를 가로저으며 "아, 아니요." 하고 대답하자 "부녀회에 들지 그라요, 그라믄 안 심심헐틴디." 하고 나를 부추긴다.

한번은 동네잔치에 갔더니, 동네 아낙들이 모두 모여 손님 접대에 설거지에 분주히 왔다 갔다 하며 협동심을 발휘하고 있었다. 그때 술 한 잔 했는지 얼굴이 발그레해진 부녀회장이 내 곁에 와서 큰 소리로 "아따, 사모님도 동네 일은 같이 해야지 잉—" 하면서 시비(?)를 건다. 평소에는 아주 예의를 갖추어 공손하게 나를 대하시던, 나보다 연세가

높으신 분이다.

　나는 웃음이 나오는 것을 간신히 참았다. 남편이 얼른 아주머니를 다독인다.

　나오려는데 떡국 끓여먹으라고 가래떡, 굴 두 봉지에 이것저것 한 보따리 싸주신다.

　내가 그만두시라고 사양하자, 남편은 이것이 다 시골 인심이니 받으라고 한다.

산 자와 죽은 자의 공존

2003. 01. 18.

포구로 내려가는 길 동쪽 산은 김 씨 문중의 선산으로, 키가 크고 맵시 좋은 해송들이 숲을 이루고 있다. 그러나 그 숲은, 산 중턱에서 맥이 끊어지고 두 개의 묘소가 묵직한 비석과 함께, 벌거벗은 중턱에 떡 버티고 서서 우리 집을 내려다본다. 그 앞 경사가 완만한 땅은 문중에서 밭을 일구어, 명곤이네에게 세를 주었다.

집 뒤의 북쪽 언덕에는 이 씨 문중 묘소가 있고, 포구 어귀에는 배씨 문중 묘소가 있다. 동네로 가는 큰길 옆 밭에는 얼마 전 교통사고로 사망한 밭 임자가 묻혀 있다. 마을의 큰길에서 이리저리 고개를 돌려보면, 보이는 것이 전부 사람 사는 집과 무덤이다.

죽은 자와 산 자의 경계가 없다. 같은 공간을 공유하면서도 거부감이 없다. 도시에서는 산 자만이 살고 죽은 자들은 공원묘지나 공동묘지에 있지만, 이곳에서는 산 자도 곁에 있고 죽은 자도 곁에 있다.

구 주사

2003. 01. 18.

포구 어귀에는 쓰러져가는 허름한 집이 두 채 있다. 한 채는 몇 년 전 명곤네가 살았던 집인데, 지금은 소와 개 몇 마리만 살고 있고, 명곤네는 동네 안에 예쁜 새 집을 지어 살고 있다.

또 한 채에는 구 주사 혼자 살고 있다. 구 씨가 면사무소 직원이어서가 아니라, 알코올 중독자여서, 술 주(酒)자를 써서 우리 집 양반이 지은 별명이다.

구 씨의 마누라는 도망갔고, 주정뱅이 아들에게 매 맞아 가면서도 밥을 해주었던 그의 노모도 돌아가셨다. 남은 자식들은 외지에 나가 있다.

목욕은 일 년에 한 번 여름철에 동네사람들이 바다에 풍덩 빠뜨리는 것으로 대신하고, 옷은 철철이 한두 번 정도 갈아입는다. 아침이면 경운기들만 줄줄이 서 있는 방파제를 서성이다가 걸어서 십여 분 정도 걸리는 동네에 매일 마실을 간다. 술 담배를 사러 가기도 하지만, 초상난 집이 있나 잔칫집이 있나 탐색하러 나서는 것이다.

우리 집에서 공사할 때도 점심시간은 물론, 두 번의 새참도 거르지 않았다. 식성이 좋고 건강하여, 그렇게 술을 마셔대도 잘도 견딘다 싶었는데 올 들어 갑자기 강추위에 몰골이 사나워졌다. 아침에 우리 집 앞을 지나 마실을 가거나, 방파제에서 서성거리는 모습이 보이지 않으면 밤새 이웃사촌이 타계하신 게 아닌가 걱정이 되어, 남편에게 "당신 아침에 구 씨 못 보셨어요?" 하고 묻는다. 며칠씩 내가 그를 못 볼 땐, 술 한 병과 안주를 가지고 구 씨 집 마당에 가서 "구 씨이, 구 씨이----" 하고 부르면, 방문을 활짝 열고 새까만 얼굴을 삐죽이 내민다. 일 년 열두 달 공해 하나 없는 태양빛을 받으며, 휘적휘적 걸어 마실을 다녀 그런지, 씻지 않아서 그런지, 하여튼 되게 까맣다.

"어디 아파요?" 묻기가 무섭게 "아프긴 내가 왜 아파요. 내가 돈이 없어, 집이 없어. 광주에도 집이 있고 돈도 몇 억 있어요." 우렁차고 퉁명스런 목소리로 말한다.

맨날 듣는 타령이라 나는 시큰둥해서 "알아요오. 날이 하도 추워서 얼어 죽었나 했지." 한다. 내 말이 채 끝나기도 전에 "죽긴 내가 왜 죽어요." 이부자리 밑으로 손을 넣으며 "방이 이렇게 따끈따끈헌디." 너스레를 떤다.

허풍인 줄은 알지만, 그래도 아직 자존심이 펄펄 살아 있는 그가, 비굴한 모습을 보이지 않는 그가 나는 좋다.

섬에서 맞이한 첫눈

2003. 01. 20.

겨울 도둑골 앞바다 260X180

지난 크리스마스에 함박눈이 펑펑 쏟아지던 광경은 그야말로 장관이
었다. 도시에서든 시골에서든, 눈이 내리면 온 세상천지가 아름답다.
산과 바다가 접한, 바닷가 아늑한 곳에서 만난 하얀 겨울풍경은 한 폭
의 아름다운 풍경화였다.

따뜻한 남쪽이어서 좀처럼 눈이 쌓이지 않는다고 한다. 눈이 내리면서 금세 녹아버려 겨울 맛이 나지 않았었는데, 내가 이곳에 이사 왔다고 하늘나라에서 선물을 보내신 것 같았다.

밤부터 내린 눈은 새벽엔 발이 푹푹 빠지게 쌓여 있었다.

눈이 오니 어린아이들처럼 늦잠꾸러기들이 일찍도 잠이 깨었다. 행여 경운기가 경사진 길에서 미끄러질세라, 남편과 나는 포구로 내려가는 길의 눈을, 땀을 뻘뻘 흘리며 열심히 치웠다. 그러나 그 위에 눈이 자꾸 쌓이고 또 쌓여, 나중엔 그만두었다.

괜한 헛고생을 한 거다. 경운기가 한 대도 지나가지 않았다. 바람 부는 날처럼, 아무도 바다에 고기 잡으러 오지 않았다.

볕이 나기 시작하자, 햇빛이 잘 드는 경사진 길에 쌓였던 눈은 사르르 녹기 시작했다. 정말 괜한 헛수고를 했다.

5, 6년 만에 한번 있을까 말까 한 풍경이라니, 카메라를 들고 사진을 찍었다. 하얗게 눈 덮인, 집게 발 같은 포구의 방파제도 찍고, 한 폭의 동양화 같은 집 뒤의 하얀 대나무 숲도 찍었다. 집 안에 들어와, 마루 창문을 활짝 열고, 길게 드러누운 하얀 방파제와 그 곁에 배들이 나란히 흰 눈을 뒤집어쓰고 졸고 있는 바다를 스케치했다.

달밤의 산책

2003. 01. 21.

하늘을 나는 여자 540X390

섣달 열아흐레 밝은 달이, 동쪽 키 큰 해송 사이에 숨어 우리 집 마당을 훔쳐보고 있다. 밤 열 시가 다 되어 가는데 달은 아직 동쪽 하늘에 머물러, 마당은 어슴푸레하다.

저녁 아홉 시 뉴스를 보다가, 여느 때처럼 탐진이와 바닷가 산책을 나선다. "청천 하늘엔 별도나 많고, 우리 님 가슴엔 수심도 많다. 아리랑 아리랑" 목청껏 노래를 부르며 바닷가로 내려간다.

구름 한 점 없는 하늘에서 이지러진 달님이 싸늘한 빛으로 적막한 포구를 비추며 사색에 잠겨 있다. 어젯밤엔 바람이 세게 불어 하늘의 별은 더 총총히 빛나고, 흰 구름과 검은 구름이 춤추는 사이로, 달님은 숨바꼭질을 하고 있었다. 솔밭의 나무들은 군무를 추는 무희처럼 바람 방향에 맞추어 일제히 같은 동작으로 몸부림치며 아우성쳐댔다.

우리 집에서 바닷가는 100m 정도, 포구까지는 200m 거리에 있다. 오후 네 시경에는 해안을 따라 산기슭 아래 갯벌이 드러난 해변을 산책하면서 밀물 때 떠내려 온 낚시꾼들이 바다에 버린 쓰레기봉지나 빈 병을 줍기도 하고, 해안가의 하얀 백로나 재색 백로의 오수를 본의 아니게 방해하기도 한다. 바다오리들은 무리 지어 한가로이 노닐고, 탐진이는 물가를 따라 첨벙거리며 신나게 달린다.

시골 부모 마음

2003. 01. 22.

김 씨 문중 선산 솔숲 뒤에는 은봉 씨네 유자밭이 있다. 은봉 씨는 칠십이 훨씬 넘은 나이에도 항상 힘이 부치게 일을 하는 탓에, 볼이 움푹 파였고 그렇지 않아도 작은 체구가 깡말라 더 왜소하게 보인다. 그래도 항상 환하게 웃음 띤 까만 얼굴은 그가 얼마나 행복한지 말해 준다.

뽀빠이 같은 파이프 담배는 아니지만, 일을 할 때나, 경운기를 몰 때나 언제나 그의 입술에는 담배가 물려 있다. 담뱃재가 기다랗게 그냥 붙어 끝이 떨어질 듯 꼬부라진 채, 두 손은 항상 분주하다.

집을 짓기 전 바닷가에 있는 임시 주거용 컨테이너에서 머물 때, 포구로 내리닫는 언덕길을 내려오는 경운기마다 바다를 바라보며 웃음 띤 얼굴들을 싣고 내려오는 것을 보고 나는 형용할 수 없는 감명을 받았다.

도시인들의 무표정한 얼굴, 무심한 얼굴에 식상한 나에게 그것은 아름다운 충격이었다. 뼈 빠지게 일해서 모은 돈으로 자식들 공부시키고, 시집 장가보내고, 집 사는 데 보태주고, 사업 망한 자식 도와주고, 그것이 모두 그들의 행복이고 즐거움인 것이다.

"늙고 병들면 자식들 지천거리가 되겠지." 하면서도 노후대책에 마음 쓸 겨를이 없다.

우리 집 개들

2003. 01. 23.

탐진이를 나주에 있는 견공 학교에 보내기로 했다. 포구나 호숙이는 학교에 보낼 만한 문제가 없으나 탐진이는 워낙 덩치가 큰 데다 사람만 보면 금방 물 듯이 사납게 굴어 자유롭게 풀어 놓을 수가 없다. 그렇다고 가엾게 매일 묶어 놓는 것도 가슴 아픈 일이고 하여 전문가에게 보내기로 남편과 의견일치를 보았다.

세 마리 다 두 달 된 강아지 때, 포구, 호숙이, 탐진이 차례로 입양하였다.

포구는 시추 잡종으로 벌써 두 살이 거의 다 되었고, 호숙이는 한 살된 진돗개로 검은 털에 호랑이 무늬가 있는 희귀종인 호구이다. 7개월된 탐진이가 제일 어린데 덩치는 포구의 세 배, 호숙이의 두 배다. 포구는 제일 작지만 큰언니로서의 기득권을 십분 발휘해, 덩치 큰 두 녀석이 그녀의 앙칼진 성깔에 꼼짝 못한다. 천방지축 탐진이도 그녀의 밥그릇에 감히 근접하지 못한다. 포구의 태도는 "쬐끄맣던 녀석들이 덩치가 커졌다고 내가 기죽을 줄 아니?" 하는 듯하다.

암컷인 호숙이는 크지도 작지도 않은 평범한 몸매에 날렵한 폼을 구

탐진이와 병 던지기 300X210

사하여 진짜 사냥꾼의 진면목을 보여준다. 특히 수풀에서 들쥐를 사냥
하는 모습은 텔레비전 '동물의 왕국'이라는 프로에서 코요테가 들쥐를
사냥할 때의 바로 그 폼이다.

　탐진이는 셰퍼드 수컷으로, 크고 날카로운 이빨과 엄청나게 큰 덩치
가 가히 위협적이다. 강아지 때는 곰 새끼처럼 귀여웠는데 3개월이 지
나면서부터는 덩치가 기하급수적으로 불어나고 눈도 삼각형으로 사나
워졌다. 그래도 덩치만 컸지 여전히 아기는 아기다. 벌떡 일어서 사자
발처럼 커다란 발을 내 어깨에 처억 올려놓고 기다란 혓바닥으로 내
얼굴을 턱부터 이마까지 쓱 핥고 재빨리 도망가기 일쑤다.

딱새의 집짓기

2003. 01. 23.

부엌에서 설거지를 하면서 창밖을 바라보니 대나무 가지에 회색 산비둘기가 앉아 잠깐 머뭇거리다 날아가 버린다. 줄기가 가는 대나무 숲으로 이루어진 북쪽 뒤란은 새들의 보금자리가 많아 해질녘이면 소란스럽다.

사냥꾼 호숙이는 대나무 숲에서 부스럭거리는 소리가 나면 낑낑대며 안달을 한다.

"얘야, 새들이 잠자리에 들려고 하는데 소란 떨면 안 된다." 하고 내가 타이르는 소리를 알아들었는지, 요즘은 제 이웃집에 신경을 덜 쓴다.

재작년 축대 공사 중 바위틈에서 물이 터져, 수정 같이 맑은 물이 졸졸졸 흘러내린다. 흐르는 물이 없던 이곳에 시원히 물이 떨어지는 소리가 나자, 사방에서 새들이 물을 먹으러 몰려와, 산새 식구가 그전보다 더 늘었다. 까치, 산비둘기, 꿩, 이름 모를 예쁜 작은 새들.

그 중에 배는 황토색이고 머리와 꼬리는 까만데, 까만 날개에 흰 점이 있는 참새만한 새가 있다. 까만 꽁지를 까딱거리며, 12월 초에 마당 가운데 심은 묘목에도 자주 놀러오고, 대나무와 일렬로 울타리 치고 있는 탱자나무 가시에 앉아 노래도 부른다.

올봄 이사 온 뒤 남편이 1톤짜리 트럭을 마당에 세워놓자, 그 이쁜이는 차 밑의 보조타이어를 자주 방문했다. 남편이 자연에 묻혀 사는 이답게 녹색 트럭을 구입한 터여서 이쁜이 맘에 쏙 들었나 보다.

그런데, 아무래도 집을 짓는 것 같았다. 잔가지들을 물고 계속 들락거린다.

남편은 하는 수 없이 한동안 트럭을 세워놓고 승용차로 일을 보러 다녔다. 헌데 어느 날 트럭을 필히 움직일 일이 생기고 말았다. 다행스럽게도 그날은 이쁜이가 찾아오지 않았다. 어쩌면 우리를 배려한 것인지도 모르겠다.

지금도 그 새는 우리 집 마당과 탱자나무 위에서 노닐고 있다. 겨우내 여기저기 풍부하게 흩어져 있는 풀씨 덕에 통통하게 살이 쪄서, 따뜻한 이곳 기후에 희희낙락 즐거운 나날을 보내고 있다.

명곤네

2003. 01. 25.

재작년 토목 공사를 시작하면서, 임시 주거용 컨테이너를 바닷가에 세워놓았다. 소꿉장난하듯 간단한 살림살이를 가져다 놓고 며칠씩 머물면서, 나는 온종일 포구로 내리닫는 언덕 아래부터 바닷가까지 청소를 했다. 노동에 익숙하지 않아 힘들었지만, 아름다운 숲과 바닷가에 널려 있는 쓰레기가 마치 고운 여인이 누더기를 걸치고 있는 것 같아서 참을 수가 없었다. 그 넓은 곳을 체격도 왜소한 내가, 의욕만은 에베레스트 산을 등반하는 사람 못지않아서 그야말로 황소처럼 일을 했다. 그리고 병이 나 몹시 앓았다.

그때 내가 처음 만난 아낙이 명곤네다. 그녀는 우리 집 동쪽에 있는 김씨 문중 선산에 딸린 밭에 세를 얻어 농사를 짓고 있다. 몇 해 전 인가가 많은 동네로 이사를 갔지만, 지금도 포구 어귀에 있는 옛집에서 기르는 소와 개들에게 먹이를 주러 하루에 두 번씩은 꼭 들른다. 또 가끔은 우리 집 앞밭에 심은 고추나 깨도 둘러보러 온다. 지금은 모두 치워버렸지만 우리가 이사 오기 전 둘러친 줄 담에 까만 비닐자락들이 머리 푼 귀신처럼 바람에 나풀대고 있었다. 명곤네가 밭 임자인 줄도 모르고 내가 뭐라고 불평을 했었던 것 같다. 워낙에 눈치가 없는 내가 이 사실을 상기한 것은 그녀와 어렵사리 친해진 다음이다.

그녀와 그녀의 남편 영우 씨는 동네에서 소문난 부지런한 부부다. 그녀는 나보다 여덟 살 아래고 영우 씨는 나랑 동갑내기다. 이곳 섬의 가정들이 대부분 그러하듯이 자녀들은 가까운 도시의 대학에 다니거나 직장에 나간다.

뙤약볕이 불처럼 내리쬐는 여름에도, 싸늘한 바닷바람에 볼이 꽁꽁 얼어붙는 추운 겨울에도, 새벽에는 바다에 나가고 오후에는 농사일을 한다. 동네 안에 논과 밭이 또 있는 터라 내가 "집에 농사도 많은데 일 좀 줄이고, 그 땅 나한테 넘겨줘요. 이것저것 야채도 심고 허브도 심게." 했더니 "잉, 내가 농사 안 지으면 후제 집이 하쇼." 했다. 그런데 그게 언제일는지 나도 모르겠다.

밭에 푸성귀가 무성할 때는 행여 개들이 엉망으로 만들까봐 꽁꽁 묶어 놓는데, 가엾어서 잠깐 풀어줄라치면 부부가 애써 일궈 논 채소밭으로 쏜살같이 뛰어 들어가 들쥐와의 추격전으로 쑥대밭을 만들어버린다.

지금은 겨울이라 우리 집 삼총사가 자유 만만세다.

새는 멍청하지 않다

2003. 01. 25.

개들을 풀어 놓기 전에는 새들이 마당에 와서 한참씩 머물다 갔었다. 새들은 개가 묶인 것을 알고 개집 앞 2미터 앞에서도 알짱거렸다. 새가 멍청하다는 말도 그럴 때 보면 틀린 말 같다.

처음에 새가 왔을 때는 호숙이가 애가 타 낑낑댔지만, 자주 그런 기막힌 꼴을 보니 이제는 조용히 목을 빳빳이 세우고 "너 어디 내가 자유의 몸이 되면 두고 보자." 하는 폼으로 도도하게 앉아 있다.

세 녀석 표정도 제각각으로, 탐진이는 턱을 발로 괸 채 납작 엎드려 여유 있는 자세로 "자알들 논다." 하는 식이고, 덩치가 작은 포구는 "저것들이 아무것도 보이지 않는데 뭘 저리 먹어대나." 하는 표정으로 짧은 목을 쑥 빼고 유심히 바라본다.

더 웃기는 것은 새들이다. 개들을 슬쩍슬쩍 곁눈질하며 최대한 가까이 접근해서 약을 있는 대로 올린다. "너 무서운 것, 나는 몰라." 하는 식이다. 까치는 점잖은 편이고, 까투리는 그래도 몸을 사리는 것 같은데 산비둘기는 아주 맹랑하다. 멍청한 듯한 얼굴로 목을 연실 움질대

며 마당에 날아온 풀씨를 쪼아대며, 띠뚱띠뚱 돌아다닌다. 우리가 현
관에 서 있어도 개의치 않고, 큰 소리로 얘기를 해도 놀라지도 않는
다. "배 아프니? 호숙아? 걔들 놀게 좀 봐 줘. 다 같이 사는 거야." 하
고 내가 말을 건네도 세 마리 모두 들은 척 만 척, 부동자세로 새만 뚫
어져라 응시하고 있다.

굴 구이

2003. 01. 27.

탐진이와 저녁 산보에서 돌아오니 뉴스가 다 끝났는지 남편이 마당에서 담배를 피우며 우리를 기다리고 있었다. 그때 언덕 위에서 어둠을 가르고 강렬한 자동차 불빛이 포구까지 내달리더니, 곧장 차를 오던 길로 되돌려 우리 집 앞 경사진 길에서 멈추었다. 석일 씨 트럭이었다. 차 안에는 석일 씨 안식구와 동네 아낙이 타고 있었다. "아들놈보고 꿀* 좀 싣고 오라 했더니만 길에다 줄줄 흘리고 왔어라우. 함지박 좀 가져와 봐요." 고등학교에 다니는 큰아들에게 심부름을 시키고 어딜 좀 다녀온 후 보니 경운기 뒤가 휑하니 비어 쫓아온 것이다.

남편과 나는 큰 함지박을 가져다가 언덕 위에 줄줄 흘려진 굴을 같이 주워 담았다. 석일 씨가 함지박 것은 우리 먹으란다. 경운기에 옮겨 싣는 줄 알았더니, 우리에게 나눠주려고 함지박을 가져오라 했던 모양이다.

나는 굴을 깔 자신이 없어 사양했다. 석일 씨는 우리 집 마당에 서 있는 낯선 자동차를 보고 손님이 왔으니 마음을 쓴 것이었다. 그러더

---

* 이곳 사람들은 '굴'을 '꿀'이라고 발음한다.

니 "굴 구이 해 잡수쇼잉." 하며 쌩─하니 차를 몰고 어둠 속으로 사라졌다.

다음날 오후 세 시쯤, 남편은 숲 속 여기저기 흩어져 있는 나무토막을 끌고 와, 마당 끝에 모닥불을 피웠다. 그리고 마을 철물점에서 사온 커다란 석쇠 위에 굴 더미를 올려놓았다. 불은 활활 타오르고 굴은 지지직 소리를 내며 바닷물을 토해내었다. 새로 사온 굴 까는 쇠꼬챙이로 남편은 알맞게 익은 굴을 까서 언니와 나에게 먹으라고 권한다. 싱그럽고 짭짜름한 바다가 입 안에서 사르르 녹는다.

굴을 실으러 포구로 가는 경운기나, 그것을 싣고 집으로 향하는 경운기나 남편의 한 잔 하고 가라는 손짓에 마법에라도 걸린 듯, 모두 우리 집 마당 앞에 멈추었다. 소주잔이 아닌 머그잔에 따뜻한 정을 따르고 그것을 마셨다. 금세 소주병 예닐곱 개가 바닥이 났다. 그들이 돌아가고 모닥불은 빨간 숯불이 되어 어두워져가는 마당에 한동안 꽃처럼 피어 있었다.

바다 위의 은빛 무도회

2003. 02. 03.

정월 초나흘 정오가 가까워질 무렵, 활짝 창문을 열고 바다를 부른다. 밀물로 넘칠 듯 물이 가득한 포구에는, 겨울의 찬란한 햇살 아래, 침묵의 현란한 은빛 무도회가 열리고 있다. 잔잔한 바다 위에 밤새 쏟아진 총총한 은빛 별들이 파아란 하늘로 비상하려는 듯 솟아올라 깡총거리며 눈이 부시게 반짝이고 있다. 저 멀리 병풍처럼 둘러 선 섬들은 눈이 부시어 눈을 감은 듯 희뿌연 안개 속에서 별들의 무언가(無言歌)를 담담하게 듣는다.

설을 쇠러 고향에 온 아들들은
아버지와 바다로 나가고
방파제에 늘어선 경운기들은
한가로이 그들을 기다린다

바닷가 얕은 물에 나들이 나온 도요새 가족이
따사로운 겨울 햇살을 즐기는데
키 큰 해송들은 미동도 하지 않고
나와 더불어 꿈꾸듯 그들을 바라본다

2003 도덕 포구 300X210

명곤네 개의 나들이

2003. 02. 05.

명곤네 개가 새끼를 일곱 마리나 낳았다. 새끼가 있으니 내빼지 않겠지, 하고 목줄을 풀어 놓았는지 우리 집 앞, 저의 주인이 배추를 거두어간 밭까지 올라와 어정거리고 있다. 우리 집 개들이 웬 녀석이 와서 얼쩡댄다고 와왁 난리가 났다.

　내가 마당으로 나가니 나를 보고 부리나케 쫓아온다. 반갑다고 허리가 비틀어지게 꼬리를 치더니 발랑 드러누워 애교를 떤다. 내가 포구 쪽으로 산책을 갈 때는 명곤이네 옛집이 포구 어귀에 있으니 그 집 앞을 지나 길게 뻗은 방파제로 걸어간다. 그때마다 쓰러져 가는 빈집에서 소를 지키던 그 개는 맥 빠진 소리로 짖어댔었다. 내가 개집 앞에 잠시 발걸음을 멈추고 "안녕? 잘 지내니?" 하고 말을 건네면, 짖기를 멈추고 계면쩍은 듯 딴청을 부리곤 했다. 집집마다 개를 한두 마리씩은 기르는데, 집도 지키고 여름 휴가철에 고향집에 놀러 오는 귀한 아들 딸, 사위 몸보신 시키는 데 일조하기도 하고 가계에도 보탬이 되기 때문이다.
　사실 대문이 있는 집이 없다. 도둑이 없으니 대문도 필요가 없다. 그러니 집을 지킨다기보다 같이 사는 동안 한 식구로 지내는 것이다.

자식

큰아들 300X210

든 자리는 없어도 난 자리는 있다고 했던가. 언니가 다녀간 뒤 큰아들
이 직장에 휴가를 내어 다녀갔다. 바람 같은 내 아들은 홍길동처럼 동
에 번쩍 서에 번쩍, 역마살이 실렸는지 이곳저곳 정처 없이 여행을 하
더니, 작년 봄 철이 들어 취직을 했다. 근무지도 외국인데, 업무 차 출

장이 많아 팔자대로 여전히 동서 분주하다.

60년대 젊은 시절을 보낸 근면하고 성실한 아버지와 보헤미안 기질의 자유분방한 아들이 서로 통할 리 없었다.

허나 세월이 거저 간 것이 아니어서, 아들은 아버지를 이해하게 되었고, 아버지는 철든 아들이 대견하다. 영업에 스승인 아버지와 이제 입문한 아들은 더 많은 가르침을 주려고, 더 많이 배우려고 많은 이야기를 주고받았다.

포구로 내려가는 길가에 코스모스 씨를 뿌리고 싶어 하는 어머니를 위해서, 하루 온종일 손수레로 흙을 날라 땅을 돋우어 주었다. 땀을 뻘뻘 흘리며 손수레를 밀고 오가던 아들의 모습이, 집 앞 길에 보일 것만 같아 현관문을 열어본다.

화가 손님

2003. 02. 10.

봄을 재촉하는 겨울비가 치적치적 오시는데, 서울에서 서양화가 차 선생이 스케치여행 차 후배 화가와 동행하여 이곳 섬에 들렀다.

배꽃이 만발한 나주 배밭이 우리 집 안으로 들어와, 벽걸이 TV를 사서 걸려고 남겨둔 넓은 공간의 임자가 되었다. 나는 바다의 꽃들로 안주를 만들고, 세 남자는 기분 좋게 취했다.

다음날 아침 마루문을 활짝 열고, 비 개인 화사한 아침풍경에 다시 취한 차 선생은 작은 스케치북에 포구를 담았다. 먼 데 섬들과 바다, 긴 방파제, 허름한 구 씨네 집과 명곤네 옛집도 그리고, 남편이 기거했던 컨테이너도 그렸다. 소인국의 풍경처럼, 이솝이야기 속 동화나라처럼 아련하게 담아졌다. 그리고 서둘러 차를 타고 바다를 건너 신지도 명사십리로 달렸다. 날개 끝이 까만 한 무리 학이 소나무 위에 목련꽃이 핀 듯이 앉아 있었다. 후배 곽 선생이 사진을 찍으러 차에서 내리자 놀란 학들이 비상하기 시작했다.

명사십리에서 정겨운 파도소리를 듣는다. 인적 없는 겨울바다의 하얀 모래사장에 편안히 누워 자라는 순비기나무가 보물처럼 보호받고 있었다. 길고 긴 모래톱은 해안선을 따라 난 시멘트 길 때문에 숨통이 막힌다고 나에게 하소연하듯 포장길로 넘쳐 들고 있었다.

게 타령

가로 왈 세로 왈
전진 후진이 자유자재요
금방울 은방울
둥천에 세우고
부글부글 끓는 솥은
자연밥솥이라

사세요 사세요
내 게 사세요

　내일 모레 팔십을 바라보는 우리 동네 박 씨의 자작시다. 썰물 때 드러난 뻘밭은 방게들 세상이 된다. 요즘은 날이 추워 활동이 뜸하지만 여름에는 우리 집까지 멀리 나들이 오는 녀석들도 있다.

정월 대보름

2003. 02. 17.

정월 대보름 밤에는 날이 흐려 달을 볼 수가 없었다. 열엿새인 어젯밤에야 달님의 맑고 고운 자태가 드러났다. 포구로 내려가는 시멘트 포장길은 달빛으로 하얗게 물들었고, 하늘의 흰 구름이 환히 보이도록 맑은 밤하늘이어서 별들은 빛을 잃었다.

이곳에 살면서 밝은 달밤이면 저 멀리 추억의 뒤안길로 사라졌던 추억 하나가 시멘트 포장길 위에 총총히 되살아난다.

내가 네다섯 살쯤인가 추석날 밤 큰집에서 제사를 지내고 하얀 신작로를 따라 포근한 아버지 등에 업혀 집으로 돌아가던 기억이다. 인적이 끊어진 조용하고 싸늘한 길에 경상도 악센트의 아버지의 부드러운 목소리가 꿈결처럼 들려오고, 밝은 달빛으로 하얗게 물든 신작로가 강하게 내 기억 속에 새겨졌다.

미처 실어가지 못한 굴 더미에서 굵직한 석화 하나를 훔친 탐진이가 으적으적, 정적을 깨뜨리며 석화를 씹는다. 아무도 포구로 달구경 오지 않았다. 하기야 빙 둘러 바다니 이곳이 아니라도 다른 곳으로 구경들 갔겠지.

　시냇가에 모여든 동네 개구쟁이들이, 불씨가 든 깡통을 뱅글뱅글 휘
돌리며 "만월이야!" 하고 외치는 소리와, 다리 위에 구름처럼 모여든
사람들이 부지런히 나이 수만큼 다리를 건너고, 집과 반대쪽에서 나이
수가 끝나면 오빠나 언니에게 업혀 다리를 건너오던 어린 시절이 별
나라 이야기처럼 멀게만 느껴진다.

남쪽나라의 봄

우리 집 앞마당 바다쪽 540X370

마당 남쪽 끝에 작년 11월 씨를 뿌린 상추, 시금치, 열무가 한 달이 훨씬 지나서야 싹이 나더니, 하얀 눈과 추위에 얼어붙은 듯 눈만 내민 채 숨어 있다 며칠 전부터 날이 풀리자 쑥쑥 자라고 있다.

싹이 난 마늘도 심었더니 제법 자라, 끓는 물에 살짝 데쳐 초고추장에 무쳐 상에 올리면 입맛 나게 생겼다.

쑥은 삐죽삐죽 귀여운 생쥐 손 같은 보드라운 싹을 내민 지 오래고, 냉이는 겨우내 꽃까지 피우고 씨를 떨어뜨려 또 싹을 틔웠다. 우리 집 앞 길 건너 명곤네 밭가에는 자줏빛 예쁜 자운영꽃이 만개했다. 자운영은 아무것도 심지 않은 밭을 찾아가 농부가 봄에 다른 씨앗을 뿌리기 전에 재빨리 자리 잡고 부지런히 꽃을 피운다. 작년 봄 황홀한 자운영 군락을 보았을 때 나는 누가 일부러 심은 꽃밭인 줄 알았었다. 봄을 알리려고 여기저기 노는 땅만 있으면 몰려들어 꽃을 피워 봄을 더 화사하게 만든다.

동백나무는 꽃받침 속에 꼭꼭 감싸두었던 빨간 꽃망울을 터트렸다. 색기가 흐르는 젊은 여인의 하얀 얼굴에 바른 새빨간 입술연지처럼 선정적인 자태가 보는 이들의 눈을 부시게 한다.

이렇게 남쪽 나라의 봄은 겨울의 칼바람 아래 몸을 낮추고 따뜻한 겨울 햇살을 받으며 자라난 것이다.

칡 캐기

작년 여름 명곤네 밭가에 어린 사철나무를 칭칭 감고 올라간 칡넝쿨을 보았다. 넝쿨 줄기로 보아 나이가 꽤 들었을 것 같았다. 2월 칡이 좋다는데 2월이 가기 전에 칡을 캐야지 하고 남편에게 협조를 구했지만 들은 둥 만 둥 대꾸도 안 한다.

언니와 용감하게 호미 자루를 들고 잎이 다 져버린 칡넝쿨을 찾아 나섰다. 넝쿨을 따라 뿌리 쪽으로 더듬어 내려가 뿌리가 내린 곳을 호미로 팠다. 뿌리의 윤곽이 드러나면서 호미질이 우습게 되어 버렸다. 집에 가서 곡괭이를 질질 끌고 왔고, 다음엔 삽이 왔고, 또 다음엔 톱까지 등장했다. 칡은 길게 누워있었는데 아래로 내려 갈수록 점점 땅속 깊이 파고들어가 있었고 곁뿌리는 땅에 수직으로 뿌리 내려 두 여자를 비웃고 있었다.

처음에 생각보다 굵은 칡의 몸통이 드러났을 때 깜짝 놀란 언니가 "산신령님, 고맙습니다." 하고 말할 정도로 경이로운 마음이 들었다. 적어도 십 년 이상 이곳에 뿌리내리고 살았을 텐데 정말 미안한 생각이 들었다.

"하느님이 다 사람을 위해 만드신 것이니까." 언니는 이번에는 하느님까지 동원했다.

나는 "신령님 이것으로 약 해먹고 더 건강해져서 이곳을 아름답게 만들게요." 하고 기도했다.

둘이서 칡 몸통을 붙잡고 "하나, 두울, 셋, 영차!" 하고 용을 쓰고 엉덩방아를 찧었다. 그리고 우리 꼴이 우스워 깔깔대고 웃었다.

그래도 칡은 꼼짝도 안 했다. 조금씩 파 내려간 게 50센티는 족히 된다. 곁뿌리들을 톱으로 자르고 남편에게 SOS를 보내려고 길로 내려와 보니 남편과 포크레인 기사가 멀리 해변에서 바쁘게 일을 하고 있어 말을 할 수가 없다.

결국엔 건장한 포크레인 기사의 삽질로 마무리 되었다. (뿌리 끝 쪽은 그 사람도 포기했다.)

일이 끝나기를 기다렸다가 포크레인 기사에게 부탁해서 한 바가지 픽! 푸면 끝날 일을 둘이 진을 빼며 매달린 거다.

내 키만 한 칡뿌리를 질질 끌고 마당으로 내려오자 남편의 눈이 휘둥그레졌다. "난 오늘 문 꼭 닫고 귀도 막고 자야지, 두 분 앓는 소리에 밤잠 설칠 터이니." 하고 되레 엄살을 떨었다.

드라이브

2003. 03. 03.

봄의 항동 갯벌 300X210

보리가 파랗게 잔디처럼 자라고 밭에 마늘이 성큼 자란 섬에도 꽃샘추
위가 찾아와 활짝 핀 매화가 오돌오돌 떨게 매서운 바람이 온종일 불
어대었다.

세탁소에 맡기려고 접어 두었던 긴 코트를 다시 꺼내어 입고 모자를 푹 눌러쓰고 마당에 나오니 바람이 모자를 사납게 벗겨 동댕이친다.

온 천지가 바람에 요동치는 날 드라이브를 나선다. 바흐의 무반주 첼로 연주를 들으며 시속 60km로 꼬불꼬불한 섬 길을 달린다. 논과 밭을 지나고, 멋들어진 늙은 해송이 길목을 지키는 마을로 접어든다.

멀리 물이 나간 갯벌은 파래가 끼어 연초록 융단을 깐 듯 부드럽고, 더 더욱 멀리, 쪽빛 하늘을 그대로 담은 파아란 바다가 보인다. 코발트색이나 주황색 페인트칠을 한 배들은 파래 카펫 위에 여기저기 흩어져 있다.

아스팔트길을 따라 천천히 달린다. 바다를 막은 둑이 넓은 길을 따라 성처럼 길게 뻗어 있고 바다로 갈 길을 잃은 담수는 하얀 물새들을 품고 있다.

바람이 드넓은 안개 빛 갈대밭에 미친 듯 몰아쳐 거센 물결을 치게 한다. 이 세상에 자연이 만든 색깔의 조화처럼 아름다운 그림은 없는 듯하다. 나는 한참을 넋을 잃고 아름다운 봄의 색상에 취해 있었다.

자유인 구 주사

2003. 03. 03.

거나하게 취한 구 씨가 한 손에는 까만 비닐봉지를 움켜쥐고 다른 한 손은 연신 휘둘러대며 뭐라고 혼잣말을 하며 갈지자로 걸어간다. 면에서 주는 생계 보조비와 넉넉한 동네 인심 덕에 밥이든 술이든 굶는 일은 없다.

바다 일을 마치고 돌아가던 석일 씨가 구 씨에게 말을 건다.

"구 씨, 그 봉지 안에 뭐가 있소?"

구 씨는 휘청거리며 재빨리 봉지 든 손을 뒤로 감춘다. "약여, 약."

"아— 그거 약이여라우, 그라믄 그것 나 좀 줄라요?" 하고 짓궂게 놀린다.

"안 되여, 안 돼." 구 씨는 도리질을 하며 집으로 가는 길을 재촉한다.

그 까만 비닐봉지 안에는 막걸리나 소주가 두어 병 들어있음이 자명한 일이지만 구 씨의 하는 양을 보려고 일부러 말을 건다.

구 씨는 가끔 밭에서 일하는 명곤네 를 보거나 마당에서 공사하는 남편을 보면 "다 쓰잘데기 없는 짓이여." 하고 포구가 떠나가게 소리를 내지른다. 그리고 후렴을 꼭 다는데, "나는 자유인이여!" 이다.

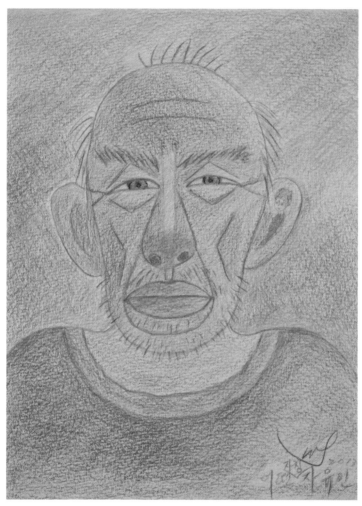

구 주사 210X300

구 씨에게 자유에는 책임이 따른다든가 하는 설교 따위는 필요가 없다. 그는 '나는 자유인'이라는 말로 자기변명을 할 정도로 똑똑(?)하니까. 소 같이 일하는 명곤네나 일 중독자인 남편이나 그의 말을 서운하게 생각한다든가, 비웃는 말을 한다든가 하는 일이 없는 것은 그의 개성을 존중하거나 완전 무시하거나 둘 중 하나일 게다.

파리에서 몇 년간 살 때, 많은 알코올 중독자들과 일하기 싫어 구걸하는 멀쩡한 사람들을 많이 보아온 터라 나에겐 별다른 느낌은 없고, 그저 그 사람 생긴 대로 인격을 존중하면 된다고 생각하고 있다.

파리 사람들은 매일 보는 자기 동네거지와 안부도 물어가며 잘 지낸다.

내가 살았던 6구 뤽상부르 정원 근처 작은 슈퍼마켓 앞에도 항상 같은 거지가 빈 맥주 깡통을 앞에 놓고 쪼그리고 앉아 1프랑이 생기면 얼른 슈퍼로 들어가 캔 맥주를 사서 홀짝 홀짝 마신다.

나와 얼굴이 익숙해진 한해 여름 그가 나에게 말을 걸었다.

"마담, 나 바캉스 떠나니 한동안 여기 없을 거야." 하며 빠진 앞니를 드러내고 애교 있게 웃었다. 그 말은 자기가 결근할 것 계산해서 한꺼번에 적선하라는 뜻 같았다. 나는 10프랑을 주었다. 그런데 하루 만에 그가 슈퍼 앞에 다시 등장했다. "너 벌써 바캉스 다녀왔어?" 내가 묻자 그는 아무렇지도 않게 대답했다. "응." 그리고는 씩 웃었다.

견공 학교

탐진이 없이 혼자서 산보를 간다.

산보를 갈 때면 호숙이나 포구는 나를 따라오는 척하다가 제멋대로 어디론가 가버린다. 그러나 탐진이는 내 곁을 떠나지 않고 주위에서 맴돈다. 제가 먼저 갔다가도 내가 보이지 않으면 되돌아와 나를 찾는다. 내가 하는 양을 보려고 바위 뒤에 꼭꼭 숨어 있으면 혹시 내가 먼저 집에 간 게 아닌가 하고 깜짝 놀라 집 쪽으로 정신없이 뛰어간다. 내가 "탐진아–" 하고 부르면 휙 뒤돌아 쏜살같이 달려와선 반갑다며 내 옷을 흙투성이로 만든다.

학교에 보내기 전에 깨끗하게 단장을 시키느라 넉 달 만에 목욕을 시켰다. 넉 달 전에는 욕조 반밖에 안 찼던 덩치가 배는 자라, 욕조에 가득 차서 내가 비집고 들어가 씻기기도 버거웠다. 송아지만한 셰퍼드를 씻기느라 남편과 나는 진땀을 뺐다.

날씨가 추워 밖에 내놓지도 못하고 털이 마르길 기다리는 동안 탐진이는 제 덩치 생각은 안하고 강아지 때 했던 대로 소파 위에 올라앉기도 하고, 카펫에 덜 마른 몸을 비벼댄다. 탁자 위고 어디고 커다란 앞발로 마구 휘젓는다. 순식간에 마루가 아수라장이 되었다.

온 천지가 개털로 범벅이 되었다. 말려도 소용이 없고 오랜만에 돌아온 고향이라고 신명이 났다. 덕분에 난 예정에 없던 대청소를 해야만 했다.

두 시간을 달려 찾아 간 경찰견 훈련소는 나주 변두리 인가가 없는 밭 가운데 있었다. 조련사가 혹 매를 들며 교육하는 것은 아닌가 걱정을 했는데, 선량하게 생긴 조련사를 보니 마음이 놓였다.

조련사는 개목걸이를 먼저 풀어주었다. 그러자 보는 사람마다 사납게 짖어대던 탐진이가 조련사를 알아보고 얌전히 순종한다. 훈련이 된 래브라도 레트리버가 부드러운 조련사 명령에 따라 멋진 시범을 보여준다. 남편과 내가 바라는 것은 동네 사람들에게 공격적인 개가 되지 않게 훈련시키는 일이다.

늘 함께 가는 산보인데 녀석이 없으니 허전하다. 텅 빈 녀석의 집도 을씨년스럽다. 잘 지내는지 걱정도 되고 보고 싶은 생각에 전화를 건다.

"저 탐진이 엄만데요. 우리 탐진이 잘 있어요? 밥도 잘 먹고요?"

섬 밖 나들이

2003. 03. 05.

보름 전부터 귀가 아프기 시작했다.

　병원이 하나 있기는 한데 소아과, 내과, 부인과, 안과, 이비인후과 그리고 심지어 비뇨기과까지 다 진료한다고 병원 창문에 즐비하게 써 놓아 영 믿음이 안 간다. 물론 의사 선생님도 한 분이다. 열흘 전쯤엔 다른 섬에 이비인후과가 있다기에 찾아 갔더니 이비인후와 안과를 같이 본단다. 어떤 과가 전공이냐고 물어 볼 수도 없고, 불안한 마음으로 치료를 받고 돌아왔다.

　의사는 대수롭지 않은 외이염이라고 말하며 3일 후 한 번 더 오라고 말했지만 나는 가지 않았다. 그랬더니 점점 더 가렵고 아파왔다. 제때 치료도 못 받고 병을 키워 골치 아프게 되는 것 아닌가 걱정이 되어 결국 가까운 육지의 종합병원에 가기로 큰마음을 먹었다. 외출하는 것을 좋아하는 성격이 못 되어 섬 안에서 하는 드라이브도 특별한 기분이 아니면 하지 않는 나에게 혼자 육지 나들이는 큰 행사처럼 번거롭게 느껴질 뿐이다.

　항상 육지에 나갈 때는 전망 좋은 남편 트럭을 타고 남편과 함께 다

녔었다.

  그러나 오늘은 내 승용차를 타고 혼자 떠났다. 집에서 10분 거리에 있는 선착장에서 배를 타고 7분이면 육지에 다다른다. 모차르트의 클라리넷과 오보에 콘체르토를 볼륨 높게 틀어 놓고, 구불구불한 해안도로를 2차선 규정 속도를 준수하며 여유 있게 달린다. 슬쩍슬쩍 오른쪽 바다와 바다 너머 길게 병풍처럼 펼쳐진 육지의 아름다운 산등성이의 곡선에 미소를 보내며 귀가 아픈 것도 잊고 날씨가 흐린들 무슨 대수냐 하며 기분이 상쾌해진다.

  그 틈에 갑자기 나타난 봉고차가 중앙선을 넘어 내 차를 추월한다. 또 다른 차가 언제 달려왔는지 바로 뒤에 바짝 붙어 쫓아온다. 내가 여유작작하게 풍류를 즐기며 운전하는 동안 바쁜 사람들이 짜증이 난 거다. 길에 차도 없는데 왜 그리 천천히 가느냐는 것이다. 분명 도끼눈을 뜨고 나를 째려 봤을 게다.

  2차선 도로니 시속 60km가 규정 속도지만(추월도 안 된다) 아무도 지키지 않는다. 구불구불한 해안도로여서 사고가 많이 일어나기 때문에 초행길인 사람들은 조심해야 한다. 실제로 섬에서는 교통사고율이 도시보다 많다는 이유로 자동차 보험료가 육지보다 비싸다.

풍류를 아는 섬사람들

2003. 03. 07.

이곳 섬사람들은 멋을 안다. 지금이야 다들 웬만큼 산다고 말할 수 있지만 60년대 우리나라 형편이 곤궁했을 때 '섬' 하면 가난을 연상시켰었다. 그러나 이 섬은 그때에도 부자섬으로 통했다고 한다. 그 당시 부자란 보릿고개 때 밥을 굶지 않는 정도였겠지만, 작지 않은 이 섬에는 농사를 지을 수 있는 농토가 충분하였기 때문이다. 그래서 그런지 사람들의 표정도 밝고 집집 마당에서도 도시에선 찾아볼 수 없는 여유를 엿볼 수가 있다. 비록 초라한 집이라도 마당만은 풍요롭다.

감나무, 석류나무, 귤나무, 종려나무는 기본이고 무화과나무, 소나무, 포도나무, 난초, 참나리, 장미, 동백, 설상화 등으로 넘친다. 또 능소화는 돌담에 엉겨 붙거나 다른 나무를 타고 올라가 있고, 산에서 캐다 심은 꽃피는 넝쿨나무는 엉성하게 얼기설기 칡 줄기로 엮은 아치를 타고 올라가 봄이면 수수한 꽃을 피운다.

이곳 섬사람들 조상의 반은 귀양 온 양반님들이라고 한다. 그래서 그들 피 속에 그런 여유와 멋이 이어져 온 게 아닌가 생각된다. 그들은

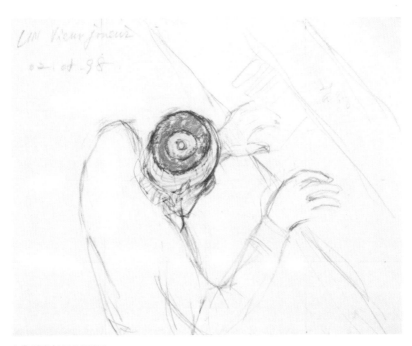

늙은 피아니스트 260X180

분재와 수석 그리고 난을 좋아하며, 숲 속에서 어린 소나무를 캐다 운치 있게 모양을 만들어 마당을 예술작품으로 만들 줄 안다. 달리 조경을 배운 것도 아닌데 어떻게 그런 작품을 만드는지, 타고난 재주임에 틀림이 없다.

또한 남자들은 인물이 잘 생겼다. 섬사람, 어부 하면 우락부락하고 거칠다는 생각이 먼저 들겠지만, 선비처럼 부드럽고 이목구비가 뚜렷하며 대부분 키도 크고 건장하다. 내 큰아들도 미남 중에 미남이지만 아들도 이곳 사람들 인물에 감탄을 하였다. 우리 이웃사촌 구 씨의 초라한 모습 속에도 술에 곯기 전의 기골이 장대했던 미남의 모습이 어렴풋이 남아 있다. 남남북녀라는 말이 그래서 나온 것 아닌가 생각된다.

봄나물

오랜만에 화창한 오후를 맞았다. 굴 깍지가 닥지닥지 붙어 있는 해안가 거친 바위를 따라 걷는다. 바위 아래까지 밀려온 파래의 싱그러운 내음이, 겨우내 웅크려 의기소침해진 내 몸의 세포 하나하나에 생기를 불어넣는다.

물에 반쯤 잠긴 바위는 온통 파래로 뒤덮여 고공에서 내려다본 지상의 푸른 섬을 연상케 한다.

해안가 숲의 오리나무는 묵은 씨앗을 매단 채 또 꽃 필 준비를 하고, 새순이 빼죽이 고개를 내밀었다. 그 아래 산딸기 넝쿨과 인동초 줄기는 얽히고 설키어 살을 에던 겨울바람을 잘도 견뎌내었고 떨어지지 않은 잎사귀들은 동상에 걸린 듯 적갈색으로 변해 있다.

바다가 그리도 좋은지 바다 쪽으로 휘어져 자란 커다란 낙엽송은 크리스마스트리처럼 벌레 집을 매단 채 아직 눈도 뜨지 않았다.

돌아오는 길에 마당 축대에서 냉이와 쑥을 한 움큼 뜯었다. 상큼한

냉이 향이 잃었던 입맛을 돋운다. 어린 냉이니 슬쩍 데쳐 된장에 무치고 쑥은 쪽파와 전을 부쳐 밥상에 올려야겠다. 장날 사온 봄동과 미나리는 쪽파랑 풋마늘을 넣고 명곤네가 준 멸치젓으로 간을 맞추어 풋풋하게 무쳐 놓으면 밥상에 봄이 하나 가득하겠다.

관심

2003. 03. 10.

남편이 서울에 다녀오느라 며칠 집을 비운 적이 있었다. 아침이면 마당에서 이것저것 일을 하며 경운기가 지나갈 때 손을 들어 인사하는 남편의 모습이 하루 이틀이 지나도 보이지 않으니 먼 곳으로 출타했나 보다고 동네에 금세 소문이 났다.

우리 집에 관한 소식은 그들에게 관심거리고 화젯거리임에 틀림이 없다. 심지어 우리 집 앞에 세워지는 자동차 넘버마저 유심히 관찰할 정도다.

"어제 경기도 차가 서 있던디 본가서 누가 왔었소?"

또는,

"마당에 고급 서울 승용차가 서 있던디 서울서 손님 왔었능갑데. 누가 왔었어라우?"

하고 꼭 묻는다.

바람이 몹시 부는 날이었다. 명곤이 아버지가 경운기를 타고 포구로 들어온 지 한참이 지났는데 나가는 경운기 소리를 듣지 못해 밖을 내다보니 방파제 위에 경운기가 그냥 서 있다. 짐승들 먹이 주러 왔으면 벌써 집으로 되돌아갔을 시간인데 혹시 바다에 나간 게 아닌가 걱정이 되었다. 이렇게 바람 부는데…….

점점 더 걱정이 되어, 저녁 때 명곤네 집에 전화를 걸었다.

"명곤이 아빠 바다에 간댔어요? 경운기가 그냥 있네."

"바다에 안 갔어, 소막에 할 일이 있다요. 헌디, 혼자 무서서 어떻게 있어?" 한다.

이곳 사람들은 친해지면 나이가 많은 사람에게도 반말 비슷한 말투를 쓴다. 말하자면 형이나 언니에게 반말하듯이, 친근감의 표시라고 생각하면 된다. 나보다 나이가 어린 명곤네가 먼저 말을 놓았고 반말에 익숙하지 않은 나는 일 년이 훨씬 지난 다음에야 입을 뗐다. 그것도 겨우 명곤네에게만 가능해진 일이었다.

"누가 그래, 나 혼자 있다고?"

아무에게도 말하지 않았는데 어떻게 알았는지 궁금했다.

"다아 알제, 정말 안 무서잉? 외딴디서 혼자, 정말 대단하네잉." 한다.

자기들은 대문도 없이 사는 사람들이 무엇이 무섭다고 하는지 모르겠다. 흉측한 마음을 먹은 인간이 두렵지 우주에 떠도는 신이나 자연이 뭐가 무서운가.

인적 없는 적막함을 나는 좋아한다. 물새 소리와 산새 소리 그리고 바람 소리, 바닷물이 살아 움직이는 소리… 자연과 내가 하나 됨에 충만해지기 때문이다.

소나무

포구로 내려가는 시멘트 포장길 오른쪽, 물이 내려가는 도랑이 산에서 내려온 흙과 묵은 솔잎으로 가득 메워져 있었다. 장마에 대비해 남편은 포크레인 기사에게 도랑을 치워달라고 부탁을 하였다. 힘 좋은 커다란 바가지가 도랑을 깨끗이 치우고, 명곤네 밭으로 올라가는 곳은 흙을 다 퍼내고 물이 콸콸 잘 내려가게 홈통이 큰 하수관을 묻고 흙으로 덮어 경운기가 다닐 수 있게 했다.

　산책을 나가다 보니 오른쪽 한 곳이 허성해진 느낌이 들어 유심히 들여다보았다. 10년 이상 자랐음직한 소나무 세 그루가 허리가 동강나 쓰러져 있었다. 나는 깜짝 놀라 어찌된 영문인지 남편에게 물었다. 남편 말인즉 포크레인 기사가 바가지를 휘두르다가 실수로 그랬다는 것이었다. 나는 어찌나 속이 상한지 며칠 동안 앉으나 서나 소나무 생각이 머릿속에 가득하여 속이 부글부글 끓었다. 모진 태풍을 열 번은 더 겪었을 것이고, 매년 무더위와 혹한 속에서도 굴하지 않고 늠름하고 튼튼하게 자란 나무인데 조금만 신경 쓰고 조심했더라면 그런 무지막지한 일은 일어나지 않았을 것이다. 그것이 한 열흘 전 일인데 지금도 생각날 때마다 부아가 치민다.

　작년에 어촌계에서 경운기가 오가는 데 지장이 있다 싶게 길가로 길게 뻗어 있는 소나무 가지들을 쳐낸 적이 있었다. 꼭 쳐버려야만 될 가지였지만 그렇다 해도 엄선해서 작업을 했어야 하는데 마구 이리저리 쳐내는 바람에 어떤 어린 소나무는 가지 하나 없이 몸통만 길게 서 있는 꼴이 되었다. 기가 막혀 말문이 막힐 지경이었다.

　나는 잡초 하나 뽑을 때에도 미안한 생각이 든다. 작년 여름 끊임없이 돋아나는 잡초들의 끈질긴 생명력을 보고 감탄이 절로 나왔다. 예전에는 그저 아무 생각 없이 지나쳤던 잡풀이었다.
　내가 손바닥만 하게 일군 텃밭에 토마토나 가지가 보이지 않을 정도로 잡초가 뒤덮어 나는 잡초를 뽑아내며 이렇게 중얼거렸다.
　"얘들아 미안하다. 여긴 이제 너희들 자리가 아니란다."

꽃씨

비가 오는 주말 이틀에 걸쳐 꽃씨를 뿌렸다. 예전엔 3월에 장독 깬다
는 말이 있을 정도로 장담할 수 없는 봄 날씨인데, 음력 이월 초순인데
도 예년에 비해 봄이 한 달은 이른 것 같다. 우선 어제 그제 이틀 동안
꽃씨를 뿌렸다. 작년 봄에는 이삿짐 정리하느라 집 안에만 틀어 박혀
있었던 탓에 마당은 자주 내다보지도 못하고 봄을 보냈다.

초여름부터 12월 초까지 끊임없이 꽃을 피우며 수많은 나비들을 부
르던, 작년 늦봄 모종해서 많은 씨를 받은 코스모스 비슷한 눈부신 황
금빛 꽃의 씨와 코스모스 씨, 그리고 드라이브 나갔다가 길가에서 받
은 하양과 빨강 접시꽃씨, 분꽃, 봉숭아씨도 뿌렸다. 그래도 아직 반
밖에 뿌리지 못했으니 다시 비가 오시는 날을 기다려야 한다.

씨를 뿌리는 것보다 씨 뿌릴 곳의 흙을 고르는 데 더 많은 시간이 걸
렸다. 돌멩이와 풀뿌리들이 엉켜 수세미 속 같은 불모지 땅을 일구느
라 호미가 열두 번도 더 쭉 뻐드러졌고 엉덩방아를 수도 없이 찧었다.
쑥 뿌리들은 땅속 깊이 줄줄이 뻗어 있어 곡괭이질을 해야 할 판이나,

곡괭이를 들고 내리칠 힘이 없으니 죄 없는 호미만 뻐드러진 것이다.

　욕심 사납게 여기저기서 꽃씨는 잔뜩 받아놨으니 힘들어도 누구한테 엄살 떨 수도 없다. 꽃이 여기저기 피어 아름다운 새 모습으로 다시 태어날 포구를 머릿속에 그리며 비에 젖은 겉옷이 흙투성이가 된 채, 해질녘까지 호미질을 하며 씨를 뿌렸다.

노후에 시작하는 일

2003. 03. 27.

지금 우리 집 축대 아래 육백여 평의 대지에서는 거의 한 달째 공사가
계속되고 있다. 남편의 새로운 작품이 절반쯤 완성되었다. 2년 전 3월
부터 시작한 공사가 꼭 만 2년이 되었는데 아직 한두 달 더 있어야 완
공을 보려는지 어쩌려는지, 남편이 날더러 굿이나 보고 떡이나 먹으라
니 어쩔 수 없이 기다리는 수밖에 별 재간이 없다.

집을 짓는 데도 일 년이 걸렸다. 그렇다고 대궐 같은 집을 지은 것도
아니고, 혼자서 일꾼들을 데리고 일을 하다 보니 그렇게 되었다. 건축
일과는 무관한 일을 해온 사람이, 바다와는 전혀 연관 없는 도심의 빌
딩에서 평생을 일한 사람이, 집을 짓고 바다에 관련된 사업을 계획하
고 실행하고 있다. 환갑을 넘긴 나이에 엄청난 일을 벌인 남편을 보고
어떤 사람은 그 용기와 도전정신에 감탄하고 어떤 이는 무모한 짓을
한다고 비웃는다.

평생을 열심히 일하며 살아온 사람이 나이가 들어 은퇴를 하고 편안
한 노후를 보내는 것은 분명 좋은 일이다. 그러나 옛날의 환갑노인들과

인생의 황혼기 210X300

달리 요즘은 환갑이 지났다 해도 노인이 아니다. 여전히 젊은 사람만큼 일할 능력이 있고 건강하다. 오히려 먹고 놀라고 하는 것이 고통인 것이다. 특히 남편처럼 평생을 성실하고 부지런히 일하며 일에서 삶의 보람을 느꼈던 사람에게 은퇴 후 삶은 무기력하고 무미건조함을 넘어 정박할 항구를 찾지 못한 항해사처럼 불안하고 막막하였을 것이다.

몸이 지치면 한두 달 쉬고 겨울엔 겨울이니까 쉬고 하다 보니 세월이 훌쩍 지나갔다. 의욕과 정열은 젊은이 못지않지만 나이는 어쩔 수 없어 몇 번이나 병이 났었다. 그래도 자신에게 아직 할 일이 남아 있다는 사실 하나가 살아가는 이유가 되는 사람이기에 아무것도 장애가 되지 않는다.

시골 다방 여자

시골 다방 여자 300X210

밭고랑 사이로 노란 갓꽃이 흐드러지게 피었고, 야트막한 포구 어귀로 들어오는 산자락에는 보랏빛에 가까운 진분홍 진달래가 화려한 자태를 뽐내며 봄이 만개했음을 알리는데, 눈앞에 휘어진 까만 아스팔트길로 빨간 원피스가 금방 툭 터질 듯이 쫙 붙은, 풍만하다못해 뚱뚱한 다방 레지가 아주 작은 오토바이를 타고 내 시야를 총천연색으로 만들며 지나간다.

내가 살았던 그 유명한 강남구 대치동의 골목길보다 더 좁고 초라한 이곳의 명동 삼거리에 다방이 무려 20여 개 가까이 간판을 걸고 있다. 정말 간판을 걸고 있다는 표현이 어울린다. 왜냐면 세 평도 채 안 되는 장소로 여자들이 차만 배달하는 곳이 더 많으니까 말이다.

소도시에는 20대 레지들이 있지만 이런 섬에는 30을 훌쩍 넘긴 것 같은, 그 바닥에서 환갑 노인 취급당하는 여자들이 판을 치고 있다. 20대 여자들은 감시원이 따른다지만(알아본 바에 의하면) 이 섬에 있는 여자들은 팔려온 여자들이 아니어서 그런지, 혼자서 차 배달을 다닌다. 표정들도 해낙낙하니 자기 직업을 즐기는 것 같다. 그녀들이 풍만한 엉덩이를 작은 오토바이에 싣고 지나가는 모습은 이곳 풍경과 잘 어우러져 볼썽사납다는 생각은 전혀 들지 않고 오히려 보테로 그림 속의 뚱보 여인 같아 친밀감이 느껴진다. 그리고 기회가 된다면 내 누드모델로 불러다 보테로의 무표정한 뚱보 여인의 얼굴에 이들의 해낙낙한 표정을 가미해서 멋진 작품을 탄생시키고 싶다는 생각을 종종 해 본다.

탐진이 면회

2003. 04. 08.

어제 오후 비가 퍼붓는 바람에 공사가 중단되어 오늘까지 쉬기로 하고 남편과 나는 탐진이 면회를 가기로 했다. 일기예보가 빗나가 오늘은 날씨가 화창하게 개었지만 파도가 심하게 일렁이고 있었다. 육지까지 6, 7분 거리인 이 섬에서는 웬만한 파도로 운항을 중단하는 일은 없다.

연두색 새잎이 돋아난 개나리 노란 물결을 뒤로하고, 해묵은 벗나무가 핑크빛 너울을 쓴 듯 벗꽃이 만발한 찻길 옆 작은 마을들을 지난다. 아담한 앞마당의 커다란 백목련 나무에 핀 탐스러운 꽃송이들 때문에 회칠한 담장 안의 쓰러져가는 납작한 낡은 기와집이 대갓집보다 더 부자로 보이는 풍경을 내려다보며 나주에 들어섰다.

길을 따라 양쪽 둔덕 아래로 황홀한 순백의 꽃송이 물결이 우리를 반긴다. 전지를 해서 낮고 옆으로 벌어지게 키운 배나무는 한 그루 한 그루가 멋진 모양새를 뽐내며 하얀 꽃송이들을 머리에 인 듯 배나무를 뒤덮어 황홀한 순백의 바다를 이루고 있다.

조련사에게 이끌려 나온 탐진이는 몹시 흥분해서 펄펄 뛰며 반갑다고 달려들어 우리 옷에 제 발도장을 마구 찍어대었다. 언뜻 보면 한 달 전이나 마찬가지로 여전히 천방지축인지라 조련사에게 무엇을 가르쳤는지 물었더니 한 달 동안은 조련사와 친해지는 단계라 강제로 교육은 시키지 않는다고 대답했다. 집에서도 "앉아." 라든가 "기다려." 정도는 이미 이해했던 터라 그 정도 수준의 시범을 보면서 약간은 실망스러웠다.

하지만 교육과정이 그러하다니 한 달 후를 기대하기로 하였다. 그토록 보고 싶었던 녀석을 두 시간을 달려가 삼십 분 면회하고 헤어져야 했다. 우리가 떠날 때 탐진이는 "빠이빠이!" 하고 소리치며 차창 밖으로 손을 흔드는 나를 훈련장 마당의 우리 안에서 멍하니 바라보고 서 있었다. 너무 순식간에 만남과 이별이 이루어져 꿈인지 싶은가 보다. 집에서는 내가 외출할 때면 엄마를 따라가고픈 어린애처럼 울었었는데……

통발에 갇힌 고양이

2003. 04. 15.

해질녘 포구로 나들이 가던 호숙이와 포구가 통발을 늘어놓은, 풀이 수북하게 자란 동네 공동 작업장(전에 미역을 말리던 장소였다고 한다)을 기웃 거리더니 별일이 생겼다고 포구가 떠나가게 짖어대고 야단법석이 났 다. 여간해서 호숙이가 그렇게 짖어대는 일이 없기 때문에 나는 예감 이 이상해서 달려갔다. 아니나 다를까 한 두어 달 전에 통발에 갇혀 꼼 짝달싹 못하고 공포에 떨던 눈이 예쁜 그 검은 고양이가 또 갇혀 있었 다. 고양이는 영물이라 하던데, 이 고양이가 멍청한 건지……. 하기야 만물의 영장이라는 인간도 똑같은 실수를 할 때가 있으니 고양이 지능 을 논할 수도 없겠다.

두 녀석의 공격에서 벗어나게 통발을 높이 쳐들고 집으로 돌아오는 언덕길이 왜 그리 멀고 경사지게 느껴지던지. 5kg은 족히 될 듯 싶은 녀석의 무게 때문에 팔이 떨어져 나가는 것 같았다. 나는 이를 악물고 "내 팔아! 고양이 살려라!" 하고 계속 처지는 팔을 추슬러 올려 펄펄 뛰 며 공격하는 호숙이와 포구의 날카로운 이빨에서 고양이를 보호해야 했다.

부실이 260X180

두 녀석에게 저리 가라고 악을 쓰는 소리를 듣고 남편이 달려와 바통을 이어받았다. 나는 개들을 묶어놓고 가위를 가지고 왔다. 지난번 고양이를 구했을 때 놓아준 장소인 명곤네 밭 근처 숲 앞에서 가위로 통발 중간 부분의 그물을 잘라 구멍을 내자 고양이는 잽싸게 줄행랑쳤다.

작년에는 남편이 동네 마실을 갔다가 풀섶에 뒹구는 버려진 통발에 갇힌 새를 두 번이나 날려 보낸 적이 있다. 통발은 물고기가 한번 들어가면 나오지 못하게 만들었기 때문에 바다에서는 고기가 잡히지만 뭍에서는 새나 고양이, 족제비, 심지어는 뱀까지 들어가고 갇히는 신세가 되어 사람에게 발견되지 못하면 굶어 죽게 된다.

통발은 접을 수 있게 만들어져 있으나 고기를 잡은 후 어부들이 접어놓지 않고 그냥 펼쳐 놓아 애꿎은 들짐승들의 덫이 되고 있다.

봄봄봄

2003. 04. 17.

진녹색의 길고 뾰족한, 보기에도 사납게 생긴 탱자나무 가시 사이를 뚫고 새악시 속살처럼 뽀얀 우유 빛 향기로운 탱자 꽃들이 안개가 피어오르듯 여기저기 피어나는 4월 중순.

오늘, 우리 집 공사가 어느 정도 마무리 단계로 들어가게 되나 보다.

일꾼들에게 참을 가져다주고 돌아오는 길에 산등성이에서 일하고 있는 은봉 씨가 보여 빵과 음료수를 주려고 유자밭으로 올라갔다. 엊그제 명곤이 아빠가 경운기로 갈아 놓은 또 다른 명곤네 밭을 지나 담배를 입에 물고 지게에 비료를 져 나르는 은봉 씨를 불렀다.

"웜메, 뻐친디* 여기까지 가져왔소야!"

맛있게 빵을 한 입 베어 먹고 따라준 음료수를 벌컥벌컥 들이키더니,

"왔다메, 시원한 거. 참말로 시원하요잉." 하며 다시 따라주는 음료수를 또 들이킨다. 명곤네 밭가에는 하얀 산딸기꽃이 만발해서 벌들이

---

* 이곳 사투리로 '피곤한데'라는 뜻이다.

윙윙거리며 산딸기를 만들고 있다.

"딸기꽃도 참 예쁘네요." 하고 내가 말을 하자 은봉 씨는 "딸기 많이 열리것소. 익거든 소쿠리 가지고 살살 따러 댕기쇼." 한다.

"뱀 있으닝께 장화 꼭 신고라우." 주의의 말도 덧붙인다.

작년에는 5월 중순까지 이삿짐 정리하느라 집 안에만 틀어박혀 이곳에 산딸기가 이렇게 많은지 몰랐었다. 금년에는 산딸기로 술까지 담그게 생겼다.

유자밭 아래 무덤가를 지나 집으로 돌아온다. 다 져버린 할미꽃들은 작은 솜사탕 같은 씨를 매달고 여기저기서 씨를 데려갈 바람을 기다리고 있고, 내가 이곳에 와서 반한 꽃 중에 하나인 양지꽃들이 잔디풀 사이에 숨어 따가운 햇살 아래 더 샛노랗게 물들어 있다.

양지꽃은 할미꽃처럼 무덤가에 많이 서식하는데 아주 작고 귀여운 다섯 개의 꽃잎을 가진 야생화이다.

알러지

산천에 만발한 꽃으로도 부족하여 봄이면 내 몸에도 꽃이 핀다. 작년에는 온 얼굴에 꽃이 피어 수두 앓는 형상이었는데, 올해는 얼굴에는 면역이 생긴 건지 얼굴은 멀쩡한데 손목과 팔에 온통 빨간 꽃이 내려앉았다.

원래 알러지 체질이어서 햇빛에 오래 드러나거나 풀에 닿으면 그 다음날부터 피부가 부풀어 오르고 가려워 구약성서에 나오는 욥처럼 사금파리로 벅벅 피가 나게 긁고 싶을 정도로 자제력을 잃게 된다.

20분 정도 걸리는 육지의 도요지에 옥돌 불가마 체험장이 있다. 도자기 만드는 흙을 채취 하는 산에서 옥이 섞인 옥돌 덩어리들이 나와 주인장에겐 도자기 수입보다 불가마에 찾아오는 손님들이 더 좋은 수입원이 되었다. 벌겋게 달구어진 돌 더미 주위에 흰 티셔츠와 반바지 차림의 남녀노소가 모여 옥돌에서 방사되는 에너지를 더 많이 쬐려고 몸을 불에 굽다싶을 정도로 불 가까이 서서 땀을 뻘뻘 흘리며 "어허 시원허다!"를 연발한다. 불이 나올 때 빠른 템포의 관광버스 메들리가 등장하여 사람들은 음악에 맞추어 몸을 빠르게 움직이며 뜨거움을 참아내는데, 그 음악이 뻣뻣한 노인들의 몸에 마술을 거는지 리듬을 타는 노인네들의 유연한 동작에 입이 딱 벌어진다.

"아–싸, 아–싸, 얼씨구!" 구성진 반주까지 넣어가며 온몸을 흔들어대는 모습들이 너무 우스꽝스러워 노골적으로 웃지도 못하고 속으로 웃음을 삼키며 안보는 척 열심히 구경하다 집에 돌아와서도 혼자 끼득끼득 웃는다.

피부과 선생님은 내가 무식한 짓을 했다고 모자를 벗게 하고 꿀밤을 주었지만, 약을 계속 먹는데도 꽃이 자꾸 새로 피어 내일쯤 또 불가마 속으로 들어가야 할까 보다. 그곳에 다녀오면 신기하게도 알러지 꽃들이 얌전히 수그러드니 말이다.

탐진이 색시

우리 집 식구가 하나 더 늘었다.

탐진이 색시감이 민며느리로 들어온 것이다. 3개월 된 셰퍼드로 아주 날씬하고 얌전한 아가씨이다. 탐진이가 3개월쯤 되었을 때보다 훨씬 더 긴 것 같아 줄자로 재어보니 코끝에서 꼬리 끝까지 1m 20cm나 된다. 얼굴도 더 갸름하고 귀도 길고 크다. 털 색깔은 탐진이와 유사하지만 몸매가 영 날씬한 것이 영국 사냥개 같다. 녀석의 날씬한 몸매 비결은 아주 예민하고 많이 자지 않고 많이 먹지 않는 데 있었다. 그맘때 탐진이는 돼지처럼 먹고 밤낮을 가리지 않고 코를 골며 잤었다.

두 달 전 탐진이 색시감을 전문가에게 부탁하며 첫째, 순해야 한다는 조건을 붙였었는데 소원대로 아주 유순한 종자로 골라 온 것이다. 이름은 남편 사업장의 상호가 될 '보람'이라고 지었다.

포구와 호숙이는 낯선 보람이를 보고 물어뜯을 듯 달려들고 보람이는 있는 엄살 없는 엄살 다 떨며 꽁지가 빠지게 줄행랑쳐서 제 임시거처인 뒤란의 세탁실로 도망가 뒤쫓아 온 두 녀석에게 여기는 내 영역이니 까불지 말라고 짖어대는 일이 장장 닷새 동안 계속되었다. 물론 두 녀석들이 묶여 있을 때는 먼저 두 녀석이 묶여 있는지 확인한 다음에 조심스럽게 마당으로 나와 나를 졸졸 따라다닌다. 처음에는 탐진이처럼 집안에서만 살았다. 짐승이든 사람이든 그 어린 것을 돌보는 일은 행복하면서도 고달프다.

하루에 두세 번 큼직한 배변을 해대고, 한강 줄기 같은 오줌도 서너 번씩 처리해야 하는 일이 이틀 계속된 뒤로는 세탁실에 깔아놓은 신문지 위에다 배변을 했다. 셰퍼드 배변의 양은 길러보지 않은 사람에게는 상상을 초월한다.

어느 정도 안정을 취한 보람이는 나를 따라 마당으로 나왔고 두 누나들의 공격적인 환영을 받는다. 저보다 덩치가 훨씬 작은 두 녀석을 무서워하며 쩔쩔매는 모습이 아직도 강아지 티를 내긴 낸다.

오늘은 서로 킁킁대며 냄새를 맡는 것을 보니 서로 잘 지내기로 합의를 본 것 같다.

개 우리

2003. 04. 19.

포구 어귀 명곤네 헌 집과 구 씨 집 처마가 맞닿은 비좁은 귀퉁이에 커다란 오동나무가 바다를 배경으로 연보라 꽃송이들을 초롱처럼 주렁주렁 매달고 칙칙한 두 집 지붕을 환하게 하더니 시들지도 않은 싱싱한 꽃들이 반은 떨어져 구 씨 집 마당에 소복이 쌓여 있다.

작년에 쳐낸 천덕꾸러기 아카시아 나무들은 기를 쓰고 새 가지를 뻗어 노랫말처럼 하이얀 꽃이파리들을 눈송이처럼 날리며 포구에 향긋한 꽃향기를 퍼트리고 있다. 우리 집 뒤 대나무 숲 뒤편에도 열두 그루의 아카시아 나무가 그 강한 생명력을 자랑하며 햇빛을 보려고 대나무보다 훨씬 더 크게 자라, 대나무와 소나무 중간에 끼어 비리비리하게 자라고 있다.

명곤네가 밭에 고추 모를 심어 우리 개들은 다시 자유를 잃었다. 똑같은 마당 안에서이긴 하지만 며칠 전 개들은 일 년 간 살던 임시 거처에서 새 집으로 이사를 했다. 명곤네가 농사를 짓기 전에 서둘러서 개집을 짓기 시작했는데도 닷새가 걸렸다. 동물원 우리처럼 그 안에서 자유롭게 살도록 만들었는데 일꾼들은 이런 개 호텔은 처음 지어본다고 농담들을 했다.

이 섬에서 가계에 보탤 요량으로 개를 많이 기르는 집에서는 토끼장 같은 곳에 한두 마리씩 개를 가두고 땅에서 1미터 정도 높이 개장을 올려 배변이 땅에 자동으로 떨어지게 개막을 짓는다.

비록 자유는 없지만 답답한 목걸이를 풀고 쇠사슬에서 벗어난 개들을 보게 되어 마음이 편하다. 나흘 전 한 달 반 된 하얀 진돗개를 또 입양해서 이 달 말 탐진이가 훈련소에서 돌아오면 모두 다섯 마리가 된다.

내 계획은 앞으로 호숙이 신랑으로 수컷 호구를 한 마리 더 입양하고 제일 어린 강아지 색시도 구할 예정인데 남편은 이제 식구 고만 늘리잔다. 죽을 때까지 먹여 살릴 일이 걱정인 모양이다.

바지락 캐는 날

2003. 05. 21.

댓 그루의 탱자나무로 반 그늘진 배수 잘되는 땅에 이곳의 토종 분홍 들장미와 연분홍 찔레를 꺾꽂이해서 늘려주려고 땅을 고르고 있는데 왁자지껄 아낙네들의 수다떠는 소리가 우리 집 쪽으로 내려오고 있다.

"웜메! 이쁜 것! 워디서 사다 심었으까잉!"

내가 허리를 펴고 "안녕들 하세요?" 하고 인사를 하자,

"사모님, 저 꽃 이름이 뭐다요? 우리 쪼까 나눠줄랑가요잉." 하고 묻는다.

"그러세요. 꽃 진 다음 시원한 가을에 옮겨야 돼요." 하고 대답했다.

작년 가을에 조금씩 포기를 갈라서 포구로 내려오는 길 가, 우리 집 입구에 일렬로 심은 마가렛꽃이 겨우내 땅에 딱 붙어 추운 겨울을 나더니 봄이 되어 기지개를 펴고 하늘로 죽죽 꽃대를 뻗으며 하얀 꽃길을 만들었다.

장화를 신고 호미자루가 든 빈 양동이를 머리에 인 채 뒷짐을 진 아낙들이 줄줄이 내려온다. 오늘이 바지락 캐는 날인 것이다.

작년 이맘때, 내가 어느 정도 이삿짐 정리가 되었을 즈음, 갑작스런

어린 왕자와 돌고래 540X370

손님들을 맞았었다. 오늘과 같은 옷차림의 아낙네들 십여 명이 바지락 캐면 담으려고 가지고 온 그릇에 쌀을 담아 가지고 이사 온 새집에 인사를 온 것이다. 어려웠던 시절에 생긴 풍습이 지금까지 계속되고 있는데 그릇 그릇마다 가져온 쌀에 정이 넘쳤다.

"집 구경 좀 시켜 줄라요?" 하며 아낙들은 온 집안 구석구석, 샅샅이 살펴보았다. 서울사람은 어떻게 해놓고 사나 하는 호기심에 주인 눈치 볼 겨를도 없이 침실이고 화장실이고 다 활짝 열어 보았다.

한차례 구경이 끝나자 남편이 가져온 시원한 음료수를 마시며 서울 사람 살림살이가 구경할 만하다고 한참을 수다를 떨다 일어섰다.

해질녘 남편은 남정네들이 경운기로 데리러 오지 않은 아낙들을 트럭에 실어 집에 데려다 주었다. 얻어먹는 떡이 더 많다고 바지락을 캐고 돌아가는 길에 아낙들이 조금씩 덜어주고 간 바지락이 너무 많아 냉동실에 보관해야 했다.

산딸기와 청미래

2003. 05. 23.

숲 속에서 우는 청아한 뻐꾸기 소리에 꿈꾸듯 현관문을 열었다. 명곤네가 하얀 찔레꽃이 흐드러지게 피어 있는 밭가에서 나를 보고 "산딸기 안 잡수요?" 하고 묻는다. 밭 옆에 빨갛게 익은 산딸기가 닥지닥지 그냥 붙어 있으니 묻는 말이다. 어제 셰퍼드 보람이와 바닷가를 산책하다 해안가 산 아래, 산딸기가 무르익은 것을 보았다.

굵은 것만 따서 나 하나 먹고 보람이 하나 주고 이렇게 둘이서 실컷 먹었다. 집에 돌아와 작은 소쿠리를 들고 우리 집 뒤 서쪽, 산딸기가 빨갛게 익어가는 산기슭으로 올라갔다. 농익은 작은 열매들은 손을 대기만 해도 후두둑 땅으로 떨어져 개미 것이 되고, 소쿠리를 밑에 받치고 가지를 톡 치면 소쿠리 안으로 떨어져 내 것이 된다. 곤충들은 물론 뱀, 심지어 우리 집 개들도 달콤하고 향긋한 산딸기를 좋아한다.

포구 어귀에 들어서기 전, 동쪽에 있는 배 씨 문중 산소 옆에도 산딸기가 지천으로 깔렸다. 귀여운 양지꽃과 할미꽃은 자취를 감췄지만 양지꽃처럼 샛노란 벌노랑이와 연보라 꿀풀이 산소벌을 꽃밭으로 만들었다. 소쿠리 안의 빨간 산딸기 위에 벌노랑이의 작고 예쁜, 샛노란 꽃을 하나 따서 얹으니 벌노랑이의 파란 잎사귀까지 어우러져 빨강,

노랑, 초록, 이 삼원색의 화사함에 눈이 부시다.

처음 이사 왔을 때 우리 집 서쪽 숲은 원시림이나 다름이 없었다. 찹쌀떡을 찔 때 서로 달라붙지 않게 나뭇잎으로 하나하나 떡을 싸는데 그 나뭇잎이 바로 청미래덩굴 잎이었음을 여기 이사 와서야 알았다. 청미래덩굴 잎은 동글납작해서 떡을 싸기에는 안성맞춤이지만 숲에서는 나무를 뒤덮어 숲을 더 울창하고 어둡게 만든다. 줄기를 한없이 뻗어 이 나무에서 저 나무로 건너가며, 그늘을 만들고 땅에 줄기가 닿았다 하면 또 뿌리를 내린다. 햇빛을 제대로 받지 못한 나무들은 잿빛으로 죽어가고 나무 아래 자라는 진달래나 들국화는 햇빛 구경도 제대로 못한다.

가시에 마구 찔리면서 청미래 소탕 작전에 나선 지 한 달여 만에 숲이 환해졌다. 키 작은 나무와 야생화들이 예쁜 꽃을 마음껏 피울 수 있게 죽은 나뭇가지들은 잘라내고 숲 속에 작은 오솔길도 만들었다. 며칠 후 숲에 가보니 전에는 조금밖에 보이지 않던 들국화 어린잎들이 여기저기서 "나 여기 있어요." 하고 손을 흔든다. 쑥과 들국화 잎을 구별할 수 있게 된 것도 이곳에 와서부터다. 새로운 야생화나 새를 볼 때마다 인터넷을 통해서 이름도 익히고, 덕분에 자연 공부를 많이 하고 있다.

장끼

2003. 05. 26.

어제 그제 내린 폭우와 거센 바람으로 마가렛 꽃밭이 엉망이 되었다. 산소벌 기슭에 있던 산딸기들이 도랑으로 수북이 쏟아져 보람이는 "이게 웬 산딸기냐." 하고 신바람이 났다.

길가에서 따온 접시꽃 씨가 가을에 현관 옆에 우르르 쏟아졌는데 고새 싹이 나 겨울에도 얼지 않고, 처마 안쪽이라 밤이슬도 맞지 못하면서도 내 키보다 크게 자라 꽃을 맺었다. 그런데 호된 바람에 이리저리 쓰러진 모양이다. 다행히 꺾이지는 않아서 대나무로 삥 둘러 지주를 세워주었다.

지저귀던 새소리 대신 사나운 비바람 소리만이 포구에 가득하고 바다에는 거센 파도가 일어 해안 쪽은 흙탕물로 변해 있었다.

오늘은 비가 개이고 아침에 잠깐 해가 쨍, 하고 나더니 이내 다시 흐려졌다. 새들의 지저귀는 소리가 더 소란스러운 것이 아마도 비바람 때문에 혼이 났다고 저들끼리 수다를 떠는 것 같다.

구 씨가 어슬렁어슬렁 명곤네 뒷밭으로 올라가더니 장끼가 갇혀 있는 통발을 가지고 내려와 술과 바꾸려고 마을로 가는 것을 남편이 가로막았다.

"구 씨, 내가 술값 줄 테니 그 꿩 내게 줘요." 하며 돈을 내밀자 구씨는 얼른 통발을 내민다. 살이 통통하게 찐 장끼는 모든 것을 체념한 듯 얌전하다. 네 번이나 내가 구해준 고양이처럼 난리를 피우지 않았다.

작년 초여름 우리 집 앞 명곤네 콩밭에 어미를 따라 일렬로 나들이 나왔던 새끼 중에 한 마리인지도 모른다. 나는 장끼를 품에 안고 숲으로 갔다.

"다시는 통발에 들어가지 마라. 알 많이 낳고 새끼들 잘 길러야지." 라고 타이르며 검지손가락으로 머리를 쓰다듬어 준 다음 풀 위에 내려놓았다.

내려놓자마자 장끼는 덤불 속으로 퍼드득 숨어들었다.

명곤네가 이번에는 뒷밭에 콩을 심었는데 콩도둑을 잡으려고 덫을 놓은 것을 귀신같이 구 주사가 알고 선수를 친 것이었다.

마당 가꾸기

연두색 새잎의 담쟁이들로 치장한 허름한 시골집 담 너머로 빨간 덩굴장미들이 밖을 기웃거리다 오월이 다 지나갔다. 우리 집 장미나무들은 금년에 옮겨 심어 그런지 꽃들이 시원찮다. 그래도 덩굴장미는 싱싱하고 새빨간 꽃을 다섯 송이나 피우고 꽃봉오리들이 계속 올라온다. 사실 포구에서는 장미나 튤립같이 우아하고 아름다운 꽃보다 제비꽃이나 벌노랑이, 구절초 같은 야생화가 더 잘 어울린다. 꽃이 피기 전에는 그냥 나무요, 풀이고 덤불인데 꽃이 피면 "아! 네가 너로구나!" 하고 이름을 찾게 되고, 나는 그 나무의 이름표를 내 머릿속에 달아 놓는다.

이 나무 꽃이 지면 저 나무에 꽃이 피고, 이 풀꽃이 한동안 피었다 싶으면 또 다른 풀꽃이 그 자리를 차지한다.

지난주에 이어 또 한 차례 비가 온 후 훌쩍 키가 커진 코스모스가 더디 자라는 천리향의 어린 묘목들과 독일에서 가져온 월계수 나무를 감추어 버렸다. 5년 전 독일에 갔을 때 나무를 좋아하는 어릴 적 친구가 내게 준 10cm 정도의 올리브나무와 월계수는 그동안 화분에서 몇 년을 살다가 이곳에 와서야 땅에 심어졌고 일 년 만에 아주 크게 자랐다. 그동안 죽지 않고 베란다 좁은 화분에서 잘 참아 준 나무들이 고맙다.

손바닥만 한 마당 끝 밭에는 작년처럼 고추와 가지, 토마토를 심었다. 작년에 가지와 토마토는 실컷 먹었지만 거름을 잘해야 열리는 고추는 종묘상에서 사다 뿌린 거름이 별 영양분이 없었는지 밥상에 서너 개의 고추로 만족해야 했다. 이번에는 명곤네에게 소똥과 짚을 섞어 만든 퇴비를 한 양동이 얻어다 뿌렸는데 어찌나 냄새가 역하고 벌레가 우글거리는지 비위가 상해 며칠 동안 제대로 밥을 먹지 못했다. 고추 안 먹고 말지 다시는 명곤네에게 퇴비를 얻으러 가지 않겠다고 다짐했다.

장대 씨

2003. 06. 01.

우리 집에 일하러 오는 일꾼 중에 장대라는 젊은이가 있다. 몸집이 곰 같이 우람하고, 둔해 보이기는 해도 힘이 장사다. 보통사람보다 지능 이 떨어지고 기술을 배운 것도 없고 하여 공사장에서 시멘트 벽돌을 나르거나 모래를 나르는 중노동을 한다. 엉거주춤한 걸음걸이와 맹한 표정이 그가 정상인이 아님을 단번에 말해준다.

  우리 집 축대 아래 공사장에서 인부들의 일하는 모습이 마루의 큰 창 문을 통해 한눈에 내려다보이는데, 땀을 뻘뻘 흘리며 일하는 장대를 바라보니 안쓰러운 생각이 들었다. 일을 하다 힘이 들면 쭈그리고 앉 아 담배를 연신 피워 문다. 아침참을 가지고 가서 "안녕하세요?" 하고 일꾼들에게 인사를 하고 장대에게는 꼭 따로 인사를 한다.

  "장대 씨 안녕하세요?" 그러면 대꾸도 안 한다. 나는 짓궂게 "장대 씨, 인사를 하는데 그렇게 모른 척하면 어떡해요?" 하며 채근을 하고 장대는 "네-에." 하고 억지춘향으로 대답을 하며 웃는다. 내가 따로 인사를 하는 이유는 이처럼 그의 미소를 보기 위해서다. 잘 웃지 않는 그가 천진한 어린애 같은 웃음으로 대답하는 모습을 보는 것이 너무 좋다.

장대 씨 가족 320X240

장대에게는 아내와 두 아들이 있다. 아내는 장대보다 훨씬 더 지능이 떨어져 살림도 못하고 두 아들도 시어머니가 돌본다고 한다.

장대 처가 동네 아낙들과 바지락을 캐러 왔다가 돌아갈 때 남편 트럭을 탄 적이 있는데 얼굴표정이 다른 사람들과 확연하게 차이가 났다. 수다를 떠는 다른 아낙네들과 함께 앉아 있는데도 말없이 멍하니, 완전히 다른 세계에 있는 것만 같았다.

어느 날 장대 가족이 우리 집 앞을 지나 포구로 가족나들이를 나온 적이 있었다. 두 내외의 밝고 환한 표정은 전에 보았던 그들이 아니었다. 전혀 다른 사람들을 보고 있는 것만 같았다. 내가 아홉 살짜리 아들을 불러 과자를 주자 그 귀여운 꼬마는 "고맙습니다." 라고 예의 바르게 인사를 했다. 나는 마음속으로 아들이 정상이어서 정말 다행이라고 생각했다. 그러나 나중에 들은 얘기로는 온 식구가 장애자로서 생활보조금을 받는다고 한다.

작은 새 둥지

날지 않는 노란 새 300X210

나이가 들면서 예수님의 '남을 단죄하지 말라'는 말씀과 황희 정승의 '너도 옳고 너도 옳다' 는 논리도 수긍이 가고, 인간의 영육을 정화시키 는 자연에 감사하며, 삼라만상에도 경의를 표하게 되고, 그것에 행여 누가 되지 않을까 항상 조심조심하며 살게 되는 것 같다.

　들국화를 보호하고 번식시킨답시고 그늘을 주는 갈대 덤불을 베어내다 세 살배기 아기 주먹만 한 새 둥지를 발견하고 깜짝 놀랐다. 손대지 않은 척 대충 마무리해 놓고 어찌나 미안하던지 그 자리를 벗어나지 못하고 한동안 쩔쩔매었다. 자연은 있는 그대로 두어야지, 괜히 손을 대어 내가 모르는 다른 폐해를 입히는 지도 모른다.

구 씨의 자존심

2003. 06. 06.

이른 아침이면 우리 집 맞은편 김 씨 문중 산소벌에 와서 노니는 아름
다운 장끼가 있다. 네 가지 이상의 색상으로 화려하게 장식한 이 수꿩
은 때로는 우리 집 축대 아래까지 나들이 나와서 천천히 여유 있게 산
책을 즐기곤 하였다.

어제 아침부터 장끼는 보이지 않았고 그제 저녁 무렵 구 주사가 통
발에 든 장끼를 마을로 가져가는 것을 보았다고 누가 일러준다. 남편
은 불같이 화를 내며 나에게 앞으로는 구 씨에게 아무것도 주지 말라
고 단단히 일렀다. 그리고 그에게는 아무 말도 하지 말고 명곤네 밭으
로 올라갈 때 뒤를 밟아 어디에 덫을 놓았는지 알아내어 미리 선수를
치자고 했다.

동네 사람들은 그 미친놈에게 이야기해 봐야 욕이나 실컷 얻어먹으
니 말할 필요도 없고 타일러야 아무 소용이 없다는 것이다.

그래도 나는 말을 하리라 마음을 먹었다. 비록 거지꼴을 하고 다녀
도 거지도 아니요, 동네사람들이 미친놈 취급을 해도 정신병자도 아니
다. 단지 게으르고 제멋대로인 알코올 중독자일 뿐이다.

점심 때 밥을 먹으러 온 구 씨에게 동네 아낙이 구 씨의 도망간 아내 이야기를 꺼낸 적이 있었다. "구 씨, 영자 소식 알어? 돈 많은 서방 만나서 잘 산다네. 이녁 자식도 낳고 밥도 해주고 빨래도 해주고 그런 마누라를 개 패듯 패서 도망가게 하고……." 그러자 구 씨는 새까만 얼굴이 시뻘개져서 벌떡 일어서며 "아이고, 그 바보 멍청이, 귀도 먹고……. 시끄러! 내가 돈이 없어 집이 없어!" 하고 매일 하는 타령을 읊어대며 가지는 않고 자리만 옮겼다.

그 다음날 밥을 먹으러 오지 않아 그래도 꼴에 자존심이 상한 모양이라고 모두들 수군대었고 나는 일꾼들 식사 후에 점심을 가지고 구 씨 집으로 갔다.

바다에서 해초를 건져 집으로 들어오던 구 씨는 술이 취하지 않은 맹숭맹숭한 얼굴로 계면쩍게 웃으며 "국 끓일라고라우." 하고 묻지도 않은 대답을 했다.

새소리

뻐꾸기가 한동안 노래하던 숲에 방울새와 휘파람새가 다녀갔다. 이름 모를 작은 새들의 재재거리는 소리는 여운을 남기지 않지만 뻐꾸기나 방울새, 휘파람새의 소리는 온 포구에 울려 퍼지며 이 섬의 태곳적부터의 이야기를 하는 듯하다.

특히 휘파람새의 다섯 번째 건반의 '도'와 여섯 번째 건반의 '도'로 길지도 짧지도 않게 번갈아 부르는 휘파람 소리는 나를 신비로운 환상의 세계로 이끌어 열여섯 소녀시절의 감성으로 되돌아가게 한다.

숲속에서 들리는 새소리 중에 가장 멋없는 소리가 장끼 소리다. "꺽-꺽" 하고 거친 소리를 토해내는데, 이 소리가 짝을 부르는 소리인지 자신의 영역을 알리는 소리인지 알 수 없지만 아무튼 하루에 두세 번씩은 들려오던 소리가 한동안 들려오지 않자 몹시 속이 상하고 점점 구 씨가 얄미운 생각이 들었다.

그렇게 다시는 장끼의 노니는 아름다운 모습을 못 보게 되나 보다, 하고 실망하고 있었는데 어느 날 다시 장끼의 소리가 숲 속에서 들려왔다. 그 멋없는 소리가 그렇게 반갑고 좋을 수가 없었다.

알에서 깨어나라 320X240

　작년 가을, 탐진이와 바닷가를 산책할 때 해안에서 쉬고 있던 세 마리의 장끼가 화들짝 놀라 긴 꼬리를 날리며 날아가던 모습이 어찌나 아름답던지 봉황이 날아가는 것을 보기라도 한 듯 황홀하였다. 한데 구 씨가 해마다 꿩을 사냥한다는 사실과 내가 아는 것보다 더 많은 꿩을 술과 바꾸었다는 사실을 불가마에서 만난 동네 아낙의 귀띔으로 알게 되었다. 아낙의 말을 빌리자면 꿩은 농작물을 해치는 해충과 같은 존재라 꿩이 싹그리 없어져도 뭐가 대수냐는 거다.

아낙에게 "같이 먹고 사는 거죠." 라는 내 대답이 사치스럽게 들렸을지 모르지만, 인간에게 해가 된다고 함부로 살생하는 것은 당치도 않다고 생각하기에 아낙이 어떻게 생각하든 내 의견을 피력해야만 했다.

흐린 날

2003. 06. 13.

바다는 천의 얼굴을 가졌다.

해와 달, 하늘의 구름과 별, 그리고 비와 바람의 세기에 따라, 또 계절에 따라 모습을 바꾼다. 하나 더 덧붙이자면 내 감정에 따라서도 달리 보인다. 바람을 동반하지 않은, 비 오기 전 하늘은 회색으로 낮게 드리워져, 먼 섬들은 어두운 청색으로 침묵하고, 은회색의 잔잔한 바다는 가로로 넓고 길게 줄을 그은 듯 결이 나 아주 신비로운 풍경으로 비를 기다린다. 이런 바다의 모습은 성숙한 인간의 모습을 보는 것과도 같다. 현자가 참선을 할 때 주위에 이런 빛깔과 침묵이 감돌까?

며칠 전부터 비가 오시기를, 나와 바다는 그렇게 기다렸다.

비만 오면 나는 더 바빠지고, 꽃모종에 새 꽃밭을 만드느라 점심도 거르기 일쑤다.

명곤네가 저의 밭 입구도 치장을 해달라고 하여 경운기가 지나다닐 공간만 남기고 양쪽에 코스모스를 심었다. 은봉 씨도 유자밭에 들어갈 때면 그곳을 지나는데, 꽃을 심어 조심스럽다고 속으로 불평할는지도 모르겠다.

아무튼 코스모스를 보고 명곤네가 함박웃음을 띤다. 그러고는 우리 집 마당에 와서 이 꽃 저 꽃 다 달라고 주문을 하더니 이내 심을 곳이 없단다. 마당에 시멘트를 발라버렸다는 것이다.

인동초 넝쿨에 매달린 하얀 꽃들이 향기를 내어 마당은 향기로 가득하다. 그동안 잡풀 속에 갇혀 꽃도 마음껏 피지 못했었는데 이젠 인동초 세상이 되었다. 옛날부터 약초로 쓰이고 요즘엔 음료, 차, 화장품으로까지 개발되고 있는 귀한 식물이지만 이곳 사람들은 오히려 흔해 빠진 넝쿨이라며 애지중지하는 나를 한심해 했다. 이제 인동초는 제 가치를 알아주는 나를 만나 마음껏 꽃피우고 진한 향기로 우리 집 마당을 가득 채우고 있다.

섬 모기와 뱀

2003. 06. 29.

이 섬의 푸른 숲에는 무서운 복병이 있다. 아니 숲에만 있는 것이 아니라 나무나 풀이 있는 곳이면 어김없이 나타나는 강력한 무기를 가진 무서운 녀석들이 있다. 바로 섬 모기다. 새까맣고 큰 모기를 비롯해, 희끄무레하여 잘 보이지도 않아 대수롭지 않게 여기기 쉬운 이상한 모기들, 또 모래알처럼 작으면서 박쥐 모양을 하고 있는 녀석들도 있다. 이놈들한테 한번 쏘였다 하면 일주일에서 보름은 퉁퉁 부어오르고 가려워서 돌아버릴 지경이 된다.

작년 여름 무더운 어느 날, 명곤네가 두꺼운 겨울 추리닝에, 모자 위에는 보자기까지 뒤집어쓰고 콩밭을 매러 온 것을 보고 이렇게 무더운 날 왜 그리 두꺼운 옷을 입었는지 물었더니 아니나 다를까, 모기 때문이라고 했다.

하기야 얇은 옷을 입어 모기에게 피를 빼앗기고 가려운 고통까지 겪는 것보다는 땀띠가 나는 한이 있더라도 꽁꽁 싸매는 편이 훨씬 나을 것이다.

다행히 바닷가라 항상 바람은 시원해서 땀띠는 나지 않는다.

이렇게 무서운 적에게 공격을 당하면서도 나는 여전히 숲속에서 넝쿨을 자르고 가지를 쳐주고 있다. 숲이 점점 더 우거져 뱀에 대한 두려움까지 가중되었지만 아직 그것이 나를 멈추게 하지는 않는다. 그러나 머지않아 더 이상 숲에 들어가지 못할 것 같다. 우거진 풀 때문에 독사가 어디에 도사리고 있는지 보이지 않아 밟을 수도 있을 터이니 이쯤해서 그만두어야 될까 싶다.

탐진이의 귀가

2003. 07. 10.

장대비가 오락가락하는 궂은 날씨지만 탐진이를 데리러 갔다. 장마 통에 맑은 날이 언제 올지 한없이 기다릴 수도 없고, 탐진이가 집 떠난 지 넉 달하고도 일주일이 되었으니 얼마나 집이 그리울까 하는 생각에 더 이상 미룰 수가 없었다. 원래 약속한 3개월이 되던 날 탐진이를 데리러 갔었으나 훈련이 무르익는 중이라며 한 달을 더 두라는 바람에 그냥 돌아왔었다.

연일 쏟아진 폭우로 녹음이 우거질 대로 우거진 푸른 산천은 세수한 듯 말끔해 보였다. 활짝 핀 백도라지꽃이랑 남색 도라지꽃이 여기저기 밭고랑에 무더기로 피어 있고 시골집 앞마당에는 주황색 참나리꽃들이 긴 목을 숙이고 수줍은 듯 피어 있었다. 국도 양 옆에는 개량종 무궁화나무들이 하나 둘 꽃을 피우기 시작하고, 인도도 없는 갓길에 국토 도보 순례단 청년들이 깃발을 앞세우고 일렬로 걷고 있었다.

강진에서 나주로 가는 국도에는 '풀치 터널'이라는 터널이 있는데 그 터널 약간 못 미치는 곳에서 서쪽 방향으로 향하면 병풍처럼 펼쳐진

월출산의 자태가 한눈에 보인다. 마침 비가 멈춘 때여서 계곡마다 구름이 피어오르고 깎아지른 바위 봉우리에 먹구름이 걷히어 마치 한 폭의 동양화 같았다.

집에 돌아온 탐진이를 포구는 일 미터씩이나 껑쭝껑쭝 뛰며 환영하였고 보람이는 제 신랑감인 줄도 모르고 낯선 녀석이 왔다고 짖어대었다. 탐진이는 온 집안을 쿵쿵대며 한참 돌아다닌 후에야 집에 온 것이 실감이 나는지 내 옷에 발도장을 찍어대며 즐거워하였다.

수반장

씨앗으로 싹이 튼 동백이 지지리도 못 자라더니 매일 쏟아지는 빗줄기 세례를 받고 성큼 자랐다. 코스모스와 노란 꽃이 피기 시작한 코스모스 사촌도 잎이 무성해져 포구로 내려가는 시멘트 포장길을 꽃으로 장식할 준비를 하고 있다. 작년만 해도 포장길 옆에 무성했던 갈대들은 꽃들에게 자리를 내주고 그 아래 경사진 땅에서 호시탐탐 꽃들의 자리를 엿보고 있다.

경운기 한 대가 우리 집 마당에 들어서더니 시동을 껐다. 묘목장에서 풀을 뽑다 말고 앞마당으로 내려와 보니 선글라스를 쓴 수반장이 경운기에서 청소기처럼 기다란 손잡이가 달린 야외용 예초기를 꺼내더니 모터와 기름통을 어깨에 걸쳐 맸다. 이장이 수반장에게 포구로 가는 길의 풀을 깎아달라고 의뢰를 한 모양이다. 동네 큰길에서 포구로 접어드는 길 입구에 풀이 어찌나 무성하게 자랐는지 차 한 대가 겨우 지나가는 길을 더욱 좁아지게 만들어 내심
"동네에서 풀 깎을 때가 되었는데……."하고 생각했었다.
수반장은 나를 보더니 "올라가보쇼. 길이 훤해졌응게." 하며 활짝

웃는다. 이제는 우리 집 건너편 명곤네 밭 옆을 지나 포구까지 무성한 풀을 자를 차례인 거다. 해변 입구 잡초와 뒤범벅인 인동초랑 구절초가 풍비박산이 나게 생겼다. 수반장에게 꽃들이 섞였으니 주의해 주십사 신신당부하고 그래도 못미더워 멀찌감치 그를 졸졸 따라다녔다. 명곤네 콩밭 입구 둔덕에 개나리를 심었었는데 풀이 무성해서 개나리가 보이지 않았다. 나는 "스톱! 스톱!" 하고 소리를 질렀다. 엔진소리 때문에 들리지 않는지 그는 일을 계속했다. 그러나 일이 끝난 후 나에게 "사모님 고도리 허요?" 하고 물었다. 나는 "저 화투 칠 줄 몰라요." 하고 대답하자

"헌디 왜 시톱 시톱 하고 소리치요, 나는 광이라도 뜬 줄 알았제." 하고는 호탕하게 웃는다.

며칠 전 선글라스를 낀 60대 중반의 남자가 쌩하니 오토바이를 몰고 마당으로 들어왔다. 처음 보는 얼굴인 것 같아서 나는 조심스럽게 누구시냐고 물었고 그는 "나는 수반장인디요 잉, 이장이 동네 일헌다고 전기톱 빌려오래서 왔는디 전기톱이 고장났담서요? 고장난 게 아니라 아마 기름을 잘 못 부었을 것잉만요. 내가 고쳐갖고 쓰고 올팅게 염려 맛쇼. 내가 산판에서 나무 비는 일을 여러 해 헌 사람이여라우. 나 몰르것소? 전에 한번 봬었는디."

숨 한 번 안 쉬고 따발총 쏘듯이 빠르면서도 경쾌한 어투로 말하는

그에게 나는 친밀감을 느꼈다.

"서양속담에 마누라와 기계는 빌려주지 않는다고 했는데, 빌려 드릴 터이니 잘 쓰고 가져오세요."라고 말하자 그는 고개를 흔들며 포구가 떠나가게 껄껄대고 웃었다.

장날

섬에는 도시에서처럼 온갖 물건을 고루 갖춘 대형마트가 없다. 그 대신 장날이 있어 자기 집에서 농사지은 농산물을 가지고 나오는 그 고장 사람들과 장날을 찾아다니는 장사꾼까지 온갖 물건을 가지고 이른 새벽부터 장터에 모여든다.

바구니에 이제 막 젖을 뗀 강아지들을 가지고 나온 할아버지, 남정네가 새벽에 갓 잡은 싱싱한 생선을 가지고 나온 아낙네들, 텃밭에서 방금 딴 싱싱한 애호박, 고추, 옥수수 그리고 이슬에 젖어 싱싱한 열무, 얼가리, 부추를 보따리 보따리 풀어 늘어놓은 할머니……. 각 섬마다 장날이 다르고 육지의 장날도 달라, 장꾼들이나 내다 팔 것이 있는 섬사람들은 배를 타고 장터를 찾아간다.

이곳 섬에서는 묘목을 팔지 않아 나는 묘목을 사러 작년 가을부터 가까운 육지의 장날 나들이를 시작했다. 처음에는 차를 가지고 다녔는데 차를 가지고 배를 타면 웬만한 묘목 아홉 그루는 살 수 있는 돈이 낭비가 되기에 핸드카트를 인터넷 쇼핑몰에서 주문하였다. 배를 타고 육지에 가는 동안 섬사람들과 허물없이 나누는 대화도 재미있고, 싱그러운 바닷바람을 쐬며 주변 경관을 감상하는 재미도 쏠쏠하다.

없는 것 빼놓고 뭐든지 다 있다. 그리고 뭐든지 오천 원 일색이다. 오천 원이 넘으면 큰일이라도 나는지 죽 걸어 놓은 얼룩덜룩한 옷마다 5000원이라고 큼직하게 쓴 종이가 매달려 있고, 과일을 담은 바구니에도 오천 원이라고 매직펜으로 써 놓았다. 나도 오천 원짜리 면블라우스를 두 개 사고 면바지도 만 원 주고 하나 샀다. 그리고 곧장 트럭에 묘목을 잔뜩 싣고 오던 젊은이가 나무를 부려놓던 장소로 갔으나 젊은이는 오지 않았다. 나무 심을 철이 지난 것이다.

가을부터 늦봄까지 그 젊은이에게 나무를 조금씩 조금씩 사다 심은 것이 백여 주가 넘는데 어디 꽂혀 있는지 표도 안 난다. 하지만 오륙 년이 지나면 모두 여기저기서 자태를 뽐내며 주렁주렁 열매가 열릴 터이니 마음이 뿌듯하다.

작년 가을 묘목 장사 앞에서 치마를 걷어 올리고 속바지 주머니에서 꼬깃꼬깃한 천 원짜리 두어 장을 꺼내어 감나무를 사시던 쪽을 진 호호백발 할머니 생각이 난다. 감이 열릴 때까지 당신이 살지 못살지 모르는 할머니는 어린 손주들과 그 손주의 아들들을 위해 감나무를 사신 거다.

고추를 먹는 새

2003. 08. 01.

우리 집 마당 끝 손바닥만 한 텃밭에 토마토가 제법 주렁주렁 열렸는데 까치보다 조금 작은 까만 새가 날아들어 채 익기도 전에 나보다 먼저 맛을 보겠다고 이것저것 쪼아놓았다.

"그래, 너도 먹고 살아야지." 하고 그냥 두었더니 내게 맛볼 기회가 좀처럼 오지 않는다. 그 새가 명곤네 고추밭에도 날아드는 것을 여러 번 보았는데 설마 새가 매운 고추를 시식할거라는 생각은 못하고 벌레를 찾나보다 생각했었다.

명곤이 아빠가 허수아비를 세우고 번쩍거리는 울긋불긋한 금박이 줄을 쳐놓아 영문을 물은즉, 꿩이 고추농사를 망쳐 그리 해놓았고 약도 놓았다고 말했다. 내가 밭에 날아든 것은 꿩이 아니었다고 아무리 설득해보았지만 막무가내였다.

생계를 위해서 방해꾼을 해치우겠다는데 내가 무슨 말을 할 수 있을까. 어디서 굴러온 팔자 좋은 도시사람이 배부른 수작하고 있다고 생각할 게 뻔한데……

김 씨 문중에서는 산소 아랫자락의 아름드리 소나무를 싸그리 베어

블랙홀 540X370

내고 밭을 두 곳에 일구어 일 년에 4만원에 명곤네에게 세를 준 것이
여러 해라고 한다. 명곤네가 힘들어 죽겠다고 푸념을 할 때마다 그러
니 그 밭을 나에게 넘기라고 말하곤 했지만, 악착같이 일하는 부지런
한 내외가 그 밭을 포기하는 일은 결코 없을 거라는 게 동네 사람들의
얘기다.

　나 혼자 제초제를 쓰지 않고 손으로 풀을 뽑고 농약을 주지 않는다고
오염된 지구가 정화되는 것이 아닐지라도 나는 그냥 내 소신대로 행하
고 있다.

서울 손님

2003. 08. 06.

사방에서 시원한 바람이 불어대는 이곳조차 이토록 무더운데 아스팔 트 위의 서울은 얼마나 더울는지 생각만 해도 끔찍해진다. 고층 빌딩 의 숲속에 어쩌다 바람이 불어도 후텁지근한 바람이요, 포장된 도로에 서 올라오는 지열에 숨이 턱턱 막혔던 기억이 생생하다.

서울에서 남편을 친형님처럼 생각하는 김 사장이 자기 친구가족과 함께 우리가 어찌 살고 있는지도 궁금하고 하여 이곳으로 휴가를 왔 다. 모두 장거리 여행에 지친 표정으로 차에서 내렸지만 우리 집 마당 아래 펼쳐진 아름다운 풍경에 이내 얼굴이 환해졌다.

우리 집에서 2분 거리에 있는 언덕 위, 감나무밭이 아름다운 민박집 에 숙소를 정하고 6일 동안 주변의 해수욕장과 완도식물원, 그리고 마 침 강진의 청자 축제가 있어 그곳에도 다녀왔다. 그리고 돌아가는 날 우리 집 앞 뻘밭에서 조개를 캐고 고동을 잡았는데 다른 어떤 날보다 좋은 추억거리를 아이들에게 만들어주었을 것 같다.

민박집 연못 주변에서 아이들이 잡은 개구리를 땀을 뻘뻘 흘리며 요리해서 아이들에게 먹이며 가난해서 먹을 것 없던 어린 시절, 개구리 뒷다리가 얼마나 귀한 보약이었는지 이야기 하던 김 사장의 모습이 눈에 선하다.

중환자실

나이든 사람이 건강을 과신하는 것처럼 어리석은 일은 없다. 몸이 아무리 아파도 약을 복용하지 않고 고문을 받는 죄인처럼 고통을 고스란히 감내하는 것을 자랑으로 여기던 남편이 병원에 입원을 했다. 하늘을 찌를 것 같은 일에 대한 그의 열정을 육신이 감당 못한 것이다.

'너 자신을 알라'는 소크라테스 말씀을 모르는 사람이 없지만 그저 명언쯤으로 기억하는 사람이 많은데 남편도 그 중 한 사람이었다.

여러 달 전부터 눈에 띄게 혈색이 나빠지고 소화도 되지 않아 병원에 가자고 채근을 했지만 원래 지독한 옹고집쟁이여서 그 누구의 말도 듣지 않았다. 최근에는 하루하루가 살얼음판을 걷는 것처럼 불안하여 안절부절 불길한 예감을 걷잡을 수 없었다.

한 시간 이상 거리에 있는 육지의 병원 응급실에 실려가 곧바로 4시간 반이 걸리는 대수술을 받았다. 그래도 시골에서 종합병원이라는 간판이 걸린 병원이지만 수술 후 남편이 이틀간 머물렀던 중환자실은 응급실과 구별이 되지 않는 상황 속에 있었다.

의식이 완전히 회복되자 남편은 중환자실의 소란을 못 견뎌 서둘러 일반 병실로 이사를 했다. 홧김에 제초제를 두어 병 퍼마신, 온 몸이 치자 물을 들인 것처럼 샛노란 환자가 까맣게 타버린 혀 때문에 짙은 보라색 약을 입안에 잔뜩 바르고 붕어처럼 입을 벌린 채 계속 소리질러 간호사를 부르며 난동을 부렸기 때문이다. 눈망울이 또릿또릿해서 내가 보기에 생명에는 지장이 없어 보였는데, 보호자 중 어떤 아주머니가 "뒈질라믄 농약을 처먹을 것이지 제초제를 퍼 먹었응게 풀처럼 시들시들 천천히 말라 뒈질거여. 즈그 형 거들내고 죽을것잉만." 하는 소리를 듣고 그가 중환자실에 있는 이유를 알았다. 마누라하고 이혼한 뒤 애비노릇도 제대로 안 하니 아내한테 애들도 빼앗기고, 동거하던 여자마저 헤어지자고 하자 술 취한 김에 제초제를 들이킨 것이다.

　옛말에 성질 더러운 놈은 성질로 망하고 고집 센 놈은 고집으로 망한다더니 딱 맞는 말이다.

태풍

어젯밤 광풍은 한바탕 악몽처럼 지나가고 쾌청한 날씨가 포구에 찾아왔다. 마당의 하얀 테이블과 하얀 의자 위의 녹색과 청색, 그리고 보라색이 어우러진 비치파라솔이 눈부시다.

아침나절 내내, 태풍 '매미'가 우리 집에 얌전히 다녀갔는지 걱정하는 전화가 여기저기서 걸려왔다. 무성하게 자라 꽃필 준비가 한창이던 코스모스와 이미 꽃이 만발한 일년초들은 처참하게 헝클어지고 쓰러져 태풍이 다녀간 흔적을 고스란히 남기고 있다.

우리 집터는 동남향으로 바다를 바라보고 있고 동쪽과 서쪽, 북쪽이 나지막한 소나무 숲으로 둘러싸여 웬만한 바람이 섬에 들이닥쳐도 평온하다. 오히려 마을 쪽에 바람이 거세어 포구에 배를 매어둔 동네 사람들이 자기네 배들이 안전한지 달려오는 바람에 바람이 거세어진 것을 알 수 있을 정도다. 멀지 않은 곳에 겹겹이 길게 늘어선 섬들이 우리 집 앞바다를 가로막고 있어 잔잔한 물결이 마치 거대한 호수를 보는 듯하다.

어제 태풍에도 거센 파도는 볼 수 없었고 바람에 뒤집힌 바다가 흙탕

성난 파도야 260X180

물로 변해 잔뜩 성이 난 듯이 보였을 뿐이다.

추석을 쇠러 온 아들딸들이 서둘러 떠나는 바람에 노부모들의 서운함이 더했으리라.

우리 집에도 외국에 있는 큰아들이 꿈처럼 다녀갔다. 파리에 있는 막내아들과 네 식구가 함께 명절을 지낸 것이 아득한 옛날처럼 느껴지고 마음이 자꾸 약해지는 것이 나도 어쩔 수 없이 늙은이가 되어가나 보다.

"몸이 늙으면 마음도 따라 늙을 것이지, 마음은 청춘이네." 라고 한탄한 옛 사람의 시 구절을 따라 중얼거려 본다.

반딧불이

2003. 09. 16.

아름다워라, 반딧불이 480X350

탐진이와 보람이가 산보를 가자고 조르는 바람에 피곤한 몸을 간신히 추슬러 길을 나섰다. 어둠 속에서 두 녀석이 장난치다 풀섶으로 함께 나둥그러졌다. 그때 반딧불이 한 마리가 환히 떠올라 내 주위를 맴돌다 앞장서더니 배 씨네 산소 쪽으로 사라졌다. 요정의 지팡이 끝에서 나온 빛처럼 내게 나타난 반딧불이가 내 피로를 말끔히 씻어주었다.

작년 여름밤에는 우리 집 마당이 반딧불이 놀이터였는데 금년에는 반딧불이 구경도 못하고 여름이 다 갔구나 싶어 섭섭했었다. 아마 길 건너 명곤네 밭에 고추를 심어 농약을 많이 하는 바람에 반딧불이가 다 죽은 것 같다. 작년에는 콩을 심어 올해처럼 농약을 자주 하지 않았었다.

야요이 쿠사마의 '물위의 반딧불이'라는 작품을 디지털미술관을 통해 감상한 적이 있는데 수만 개 전구의 불빛이 수면과 유리벽에 반사되어 수천만 배로 반짝거리는 화려하고 현란한 작품이었다. 그러나 야요이 작품의 반딧불이가 내게 즐거움을 주었다면 어두운 풀숲에서 조용히 나타난 한 마리의 반딧불이는 나의 삶에 밝은 빛과 행복으로 다가왔다.

가을

서재 창밖으로 보이는 풍경에 가을빛이 완연하다. 가을치고는 좀 더운 날씨여서 그런지 지상의 열기로 하늘은 뿌연 하늘색이지만 하늘에서 내리꽂히는 햇살은 싸늘한 것이 가을 냄새를 물씬 풍긴다. 이리저리 나풀나풀 춤추며 우리 집 꽃을 찾던 나비들의 방문이 뜸해졌고 대신 코스모스 위에서 잠자리들의 군무가 한창이다.

수술한 지 한 달이 되자, 남편은 트럭을 몰고 시속 60km로 장장 여덟 시간을 달려 고향에 다녀왔다. 위에 구멍이 날 때까지 수수방관할 수밖에 없었던 나는 이번에도 남편의 고집을 꺾지 못하고 도착할 때까지 가슴을 졸이며 안절부절못해야 했다.

고집 부려 잘된 일이 하나도 없지만, 끝까지 자기 마음대로 하는 남편 덕에 나에게는 오래 전에 생긴 화병이 있다. 남편을 바꾸지 않는 한 병은 치료될 수 없다는 것을 알기에 요즘은 마음을 비우려고 사투(?)를 벌이고 있다 해도 과언이 아니다. 나이 들면 나아지겠지 하고 기다리고 또 기다리며 30년을 속을 썩었는데, 썩었으면 삭기나 할 것이지 화병이 생긴 것이다.

무사히 다녀오긴 했으나 여독으로 피로가 쌓여 회복이 점점 늦어질 것은 자명한 일인데 그래도 남편은 자신의 판단에 만족해 하는 것 같다.

밤에는 기온이 낮지만 탐진이와 보람이는 아직 수영을 즐기고 있다. 올여름 나는 두 녀석이 물에서 나와 몸을 털 때마다 잔뜩 묻혀 온 바닷물 세례를 받는 것으로 해수욕을 대신했다.

커다란 금성이 손에 잡힐 듯 가까이 느껴지는 맑은 밤하늘에 휘황찬란한 네 개의 불빛을 반짝이며 두 대의 제트기가 포구를 집어 삼킬 듯 굉음을 내며 순식간에 지나간다. 화들짝 놀란 두 겁쟁이들이 내 곁으로 달려온다.

구절초

2003. 10. 14.

갈매기와 구절초 540X370

가을비가 하루 반나절 퍼부어대더니 날씨가 제법 쌀쌀해졌다. 흐드러
지게 피어있는 코스모스는 가을답지 않은 비에 고개가 무거워졌었지
만 날이 화창해지자 다시 생기가 돌았다.

올여름에는 유난히도 비가 많이 와서 과일은 단맛이 적고 곡식도 수확이 적다고 한다. 특히 고추는 병충해에 시달려 작황이 좋지 않다고 한다. 그러나 부지런한 명곤네 고추밭은 지금도 끝물 고추가 주렁주렁 매달려 명곤네 손길이 분주하다.

가을동산에는 연자주 배초향, 버들 엉겅퀴가 연보라 꽃향유와 산박하랑 어우러져 있고 밭 가에는 노란 마타리꽃이 줄줄이 피어 있다. 포구의 양지 바른 산기슭에는 하얀 구절초가 그 청순하고 어여쁜 모습을 드러내고 있지만 내가 번식시키고 가꾼 소나무 숲의 구절초는 아직도 꽃이 피지 않았다. 약재로 쓰이는 구절초는 매년 육지에서 원정 온 약재상들이 보낸 품팔이꾼들의 거친 손에 뿌리째 뽑혀나가 어느 지역에서는 멸종이 되어 버렸을 정도다. 이 포구에도 해마다 그들이 찾아왔지만 남편과 나는 소리소리 질러 쫓아내곤 했다. 덕분에 이제는 집 앞 포구에서는 구절초가 무더기로 피어있는 아름다운 모습을 다시 볼 수 있게 되었다.

오늘 저녁 TV에 스님이 구절초 꽃을 말려 차를 다리는 모습이 방영되었다. 이제 어쩌다 살아남아 꽃을 피워도 차를 다리겠다고 너도 나도 따갈 터이니 씨도 못 맺게 생겼다. 몸에 좋다면 너도 나도 덤벼들어 끝장을 보는 풍조가 언제부터 생겼는지 모르겠다.

작은아들

할로윈 바캉스를 이용하여 파리에서 공부하고 있는 막내아들이 귀국했
다. 아들에겐 섬에 오는 길이 초행인데다 밤 10시가 다 되어 광주에 도착
하게 되어 나는 공항버스가 도착하는 광주로 마중을 나갔다. 밤 9시면 뱃
길이 끊기니 우린 하룻밤 모텔에서 지내고 다음날 아침 섬으로 향했다.

길가 유자밭의 유자들은 늦가을 따사로운 햇살에 황금빛으로 익어가
고 있고, 앙상한 감나무에는 아직 따지 않은 빨간 홍시들이 닥지닥지
매달려 가을 정취를 물씬 풍기고 있었다.

이와 같이 섬의 가을은 마당에 서 있는 두어 그루의 감나무와 유자나
무에 머물렀다가 겨울을 맞이한다.

그동안 건강이 많이 좋아진 남편은 일꾼들과 작업장 도로를 포장하
고 바위에서 터진 맑은 물이 그냥 흘러내리는 것이 아깝다고 연못을
팠다. 내가 기대했던 아름다운 연못은 아니지만 그 덕에 10여 년 항아
리에서 살던 연꽃과 부레옥잠이 넓은 집으로 이사를 했다. 금붕어가
아닌 그냥 저수지에서 사는 붕어도 집어넣었다. 그런데 흐르는 맑은
물에서 연꽃이 잘 살 수 있을는지 모르겠다.

작은아들 180X260

늦가을

바른말 잘하고, 이웃도 잘 도와주고 도와준 것 생색도 엄청 잘 내는 홍 씨가 교통사고가 났다. 경운기를 험하게 몰아 조심하라고 말한 적이 있는데 기어이 일을 저지른 것이다. 다행히 머리를 몇 바늘 꿰매는 정도로 불운을 때웠으나 경운기는 박살이 났고 불쑥 큰길로 튀어나온 경운기를 엉겁결에 들이받은 자동차 운전자는 난감하게 되었다. 홍 씨가 병원에 있는 동안, 치매에 걸려 수년 간 홍 씨 내외를 진저리나게 했던 노모가 돌아가셨다. 홍 노인은 이제 얌전해진 늙은 아내의 시신을 밭 가운데 묻었다.

구름 한 점 없는 파아란 가을하늘이 잔잔한 바다를 더욱 짙푸르게 하고 갯벌에 노니는 키가 큰 백로의 하얀 깃털이 눈부시다.

황금빛 가을 들녘은 이제 추수를 끝내고 겨울 김장배추가 널따란 밭에 초록 물결을 이루어내었다.

이른 아침 포구에는 양식 굴을 따러 나오는 경운기 소리가 요란하고, 집으로 돌아가는 경운기마다 아낙이 탈 자리까지 빼앗은 굴더미가 상긋한 바다 내음을 풍기며 우리 집 앞을 지나간다.

한가한 정오, 반짝이는 바다와 먼 데 섬들은 내 막내아들의 첼로연주에 취해서 낙원이 되고 숲속의 작은 새들은 잠시 날개를 접고 난간에 앉았다.

제자리

자기를 껴안은 여인 540X370

작년에 이삿짐을 풀고 곧장 화분에서 마당으로 옮겨 심은 구기자가 선
홍빛 작은 열매를 주렁주렁 매달았다. 30센티도 채 안 되었던 비리비
리한 가지는 중지 손가락만큼이나 굵어졌고, 넝쿨은 어찌나 기운차게

이리저리 뻗었는지 가련한 옛 모습은 찾아볼 수가 없다. 십여 년을 아파트 베란다 화분들 속에 파묻혀 꽃 한번 피지 않았지만, 그 가지를 꺾어 온 커다란 구기자나무의 열매를 본 터라 기다리고 또 기다렸었다. 지금도 아파트 베란다에 있었다면 여전히 초라한 모습이었으리라. 사람이든 나무든 모든 것은 제가 있을 곳에 있어야 제 본모습을 찾고 활기를 얻는다.

산불 조심

2003. 12. 01.

섬의 숲이 우거진 곳 입구에는 어김없이 노란 천에 빨간색으로 '산불 조심' 이라고 쓴 깃발이 꽂혀 있다. 담배를 피우며 운전하던 사람이나 경운기를 몰고 가던 사람이 아무 생각 없이 담배꽁초를 휙 버리면, 바싹 마른 억새풀들은 활활 타올라 순식간에 나무에 옮겨 붙어 산불이 난다.

　마을잔치에서 술에 잔뜩 취한 구 씨가 앞으로 세 걸음 뒤로 두 걸음 이렇게 연신 휘청거리며 우리 집 앞을 지나갔다. 나는 마당에서 반짝이는 바다를 한동안 바라보고 서 있었다. 갑자기 바닷가 명곤네 비닐하우스가 있는 쪽에서 "펑!" 하는 소리가 나더니 불길이 활활 타올랐다. 나는 깜짝 놀라 현관문을 열고 낮잠이 든 남편을 소리쳐서 깨우고 그쪽으로 뛰어갔다. 그곳에 물을 끌어 올릴 수 있는 기다란 호스가 있어서 불길을 잡는 데 걱정은 없었지만 워낙 풀이 많은 곳이어서 순식간에 명곤네 비닐하우스까지 번질까 염려가 되었다. 구 씨는 길바닥에 털썩 주저앉아 있었다.

"구 씨, 담배꽁초 버렸어요?" 하고 내가 묻자 두 팔을 휘휘 휘저으며 "아녀, 아녀." 하고 우악스럽게 소리를 지르더니 겨우 일어나 집으로 향한다. 남편과 불을 끈 뒤 주변을 돌아보니 구 씨가 주저앉았던 자리에 빨간 라이터가 있다. "구 씨 거짓말도 잘하네." 하고 내가 투덜거렸다. 누가 지나가면서 버린 부탄가스통이 거기 있었는지 펑하고 터지는 소리에 놀라 구씨가 털썩 주저앉았던 모양이다.

　잔치마당에서 누가 또 구 씨 자존심을 건드린 듯 싶다. 술이 깨면 일러야지 했다가 "되지 못허게 자존심은 쎄갖꼬. 누가 뭔 말을 못혀. 그 미친놈헌티 말혀야 소용도 없응께 참는 것여, 소락떼기만 버럭버럭 지르고 지랄염병허니께." 하던 동네 아낙 말이 생각나 그만두었다.

조약도 (약산)

벗이 그리워 길을 떠났다.

나이 들면 세월이 달음박질친다더니 요즘 내가 그런 느낌이다. 마지막 한 장 남은 달력을 보니 기분이 울적해져서 귀한 손님이라도 만나러 가는 양, 잘 차려 입고 집을 나섰다. 생동감 있게 파도치는 바다가 보고 싶어, 호수 같은 우리 집 앞바다를 뒤로하고 차를 몰았다. 파도가 반가운 벗은 아니지만 벗 대신 나를 즐겁게 해 줄 것만 같았다. 파아란 하늘에 눈이 시린 초겨울, 건조한 산과 들의 억새도, 늪지의 갈대도 바람 따라 가볍게 춤을 춘다.

섬과 섬을 이은 작은 다리를 지나 조약도의 하얀 모래사장이 있는 해변으로 향했다. 몇백 살 나이를 먹은 동백나무들이 해안을 둘러싸고 있고 아주 작은 아담한 해수욕장이 있다. 여름에는 발 들일 틈 없이 사람들이 북적대지만 이맘때는 나 혼자서 해변을 독차지하며 우아하게 산책을 할 수 있다.

달리는 방향 오른쪽 길 옆 깎아지른 산 위에 암자가 보였다. 한번 들러보고 싶었던 곳이어서 차를 꺾었다. 경사진 길을 올라가니 석상 하나 없는 조촐한 암자가 고즈넉하게 앉아 있다. 문 닫힌 암자가 더욱 쓸쓸해 보였다. 문이라도 활짝 열어놓을 것이지…

"그나저나 이곳 부처님은 이 높은 곳에서 좋은 경치 두루 굽어보시며 무슨 생각을 하시나……." 혼자 쓸데 적은 생각을 하며 경내를 둘러보니 하얀 동백꽃이 활짝 피어 있다. 정말 귀한 벗을 만난 것처럼 반갑고 즐거웠다.

설상화(눈 위에 피는 꽃)

2003. 12. 23.

햇볕이 따사로운 우리 집 마당에 철을 잊은 일년초가 꽃을 피웠다. 새 끼손톱만큼 작은 흰 나비가 날아와서 노란 꽃에 앉아 있다. 분명 철은 겨울인데 얌전히 꽃에 앉아있는 나비를 보니 신기하기도 하고 가엾은 생각도 들었다.

설상화는 12월 초부터 꽃이 피기 시작하더니 지금은 꽃이 만발했다. 며칠 전 눈이 펑펑 쏟아질 때 하얀 눈발 속의 파란 잎사귀들과 주홍색 꽃들이 어찌나 아름답던지 혼자 보기 아까울 정도였다. 그러나 눈은 금세 다 녹아버렸고, 구름이 걷히고 해가 나타나자 우리 집 마당은 다시 봄이 되었다.

미남 석일 씨가 길에 트럭을 세우고 소나무 가지를 마구 친다. 깜짝 놀라 나무 자르지 말라고 소리를 쳤지만 못들은 건지 계속 이리저리 가지를 친다. 한걸음에 달려가 석일 씨 소매를 붙들고 그만두라고 말리는 나를 보고 웃으며 "이거 다 쳐줘야 돼, 내가 안 해도 동네서 다 칠 거요." 한다. 경운기가 다니는데 방해되는 가지치기를 말하는 거다.

"그래도 그렇게 마구 치면 어떡해요. 보기 싫잖아." 하고 불평하는 나에게 "사슴이 소나무를 잘 먹더라고요." 한다.

　나는 석일 씨를 끌고 우리 집 뒤 우거진 숲으로 갔다. "여기 이렇게 많은데 왜 길가 소나무를 쳐요, 잘 자라야 동네 경관도 아름다워지고 우리가 죽은 다음에도 몇백 년 살 것 아녜요." 내가 또 설교한다 싶었는지 석일 씨는 계속 웃고 있더니, "여기서 잘라 길까지 나보고 끌고 가라고라우?" 하고 고개를 갸우뚱 하며 말도 안 된다는 표정을 짓는다.

섬의 크리스마스

2003. 12. 25.

TV에서 보이는 도시의 화려한 트리도, 분위기를 돋우는 캐럴송도 없고, 산타할아버지의 빨간 모자를 쓴 젊은이도 없는 좁디좁은 이 길이 내가 섬에서 살고 있다는 사실을 실감하게 한다. 이곳에서는 어제가 오늘이고 오늘이 어제인, 그런 심상한 날들을 보내고 있다.

크리스마스이브에 별들은 유난히 반짝거렸다. 잔잔한 포구의 바다에는 밤하늘이 잠겨 바다에도 별이 총총히 박혀 있었다.
소나무 숲을 바라보며 반짝이는 무수한 별들이 소나무 위로 쏟아져 멋진 크리스마스트리가 되는 상상을 하였다.

금년에도 나는 크리스마스트리를 만들지 않았다. 내년 크리스마스에는 두 아들과 함께 먼지가 수북이 쌓인 트리장식 상자를 열어 오색영롱한 방울들을 달고 눈부신 전구로 크리스마스이브를 환히 밝히고 싶다.

내 작은 연못

여름 내내 마당의 토마토를 쪼아 먹던 산비둘기만한 짙은 회색의 산새
가 연못에 와서 목욕을 하더라는 남편의 말을 듣고 나는 연못을 치장
하기 시작했다. 바위에서 흘러내리는 물이 아깝다고 남편이 마당 한켠
에 웅덩이처럼 모양 없이 대충 만든 연못이다.

　연못 안쪽 물이 접하는 곳에는 동네에서 얻어다 심은 파란 미나리가
야들야들 자라고 있었다. 색이 예쁜 납작한 돌을 물이 잘박잘박하게
고일 정도의 깊이에 군데군데 잘 놓아, 새가 마음 놓고 물장구를 치며
목욕 단장할 수 있게 하였다. 연못 밖은 제법 큰 돌로 빙 둘러 놓았는
데 그 사이 사이에 보라색 붓꽃도 심고 자생란도 심었다.

　연못 속에는 항아리에서 이사 온 연꽃이 깊은 겨울잠에 들어 있고,
물 위에는 부레옥잠이 둥실둥실 떠 있다. 물 위에 그림자만 어른거려
도 깜짝 놀라 바닥의 돌 틈으로 재빨리 숨는 겁쟁이 잿빛 물고기들은
10센티도 채 안 되는 녀석도 있고 조금 큰 녀석도 있다.

　수면 가까이 결코 모습을 드러내는 법이 없는 녀석들에게 좀 더 안정
적인 은신처를 만들어줄 요량으로 커다란 돌을 젖 먹던 힘을 다해 연

148　인생의 황혼기에 만난 고금도, 그 15년

내가 만든 우리 집 연못 300X210

못 한가운데로 굴려 넣었다. 그리고 기다란 손잡이가 달린 갈퀴로 작은 돌들 위에 균형이 맞게 얹히도록 큰 돌을 밀었다.

눈 깜짝할 사이에 나는 물속에 앉아 있었다. 이왕 물속에 들어 왔으니 큰 돌을 작은 돌들 위에 잘 얹어놓았다. 엄동설한에 연못에 빠졌으니 얼마나 추울지 잠시 걱정을 했지만 물은 미지근했다. 지하수는 겨울에는 따뜻하고 여름에는 얼음처럼 차다. 다행히 경운기가 지나가지 않아 아무도 깔깔대고 웃지 않았다. 나 혼자 소리 죽여 낄낄대며 웃었다.

물이 잔뜩 든 무거운 장화를 벗을 새도 없이 집으로 돌아와 현관문을 살며시 열고 남편에게 들킬까봐 재빨리 목욕탕으로 직행했다.

나르시스 딱새

스스로 새장에 갇힌 여인 300X210

우리 집 마당이 제 놀이터인 딱새는 몇 달 전부터 내 승용차와 남편 트
럭의 백미러에 앉아 놀기 시작하더니 백미러 아랫부분 차문에 똥을 잔
뜩 갈겨놓았다. 작년에 남편 트럭 아래 보조바퀴에 집을 지으러 들락

거리던 녀석인지, 다 똑같이 생겼으니 구별할 수는 없으나 단골손님 두어 분 중 하나렷다. 미끄러운 백미러 위를 왔다 갔다 하는 녀석을 서재 창문 너머로 바라보다 혹 녀석이 거울 속의 저를 보고 반해서 저리 안달하는 것은 아닌가 하는 상상을 하며 내 상상력이 기발하다고 혼자 웃었었다. 그런 어느 날 언덕진 탱자나무 아래 꺾꽂이 한 국화가 추위에 활짝 핀 모습을 바라보고 있는데 아래 마당에서 "탁, 탁" 하는 둔탁한 작은 소리가 들렸다. 고개를 돌려 바라보니 딱새가 날개를 퍼덕이며 백미러 속의 자신을 쪼고 있었다.

"울랄라! 나르시스 딱!"

셰퍼드 탐진이는 이제 한 살 반이 넘어 제법 의젓해졌다. 그래도 아직 개구쟁이 사내녀석처럼 빼질빼질 말을 잘 듣지 않는다. 저녁마다 가는 산보 길에도, 암컷인 보람이는 내 곁에 바짝 붙어 가지만 탐진이는 제멋대로다. 우리 집에서 산보 길로 접어들면, 길 왼쪽에는 명곤네가 세내어 농사짓는 세 덩어리의 밭이 방파제 직전까지 띄엄띄엄 연결되어 있다. 방파제 가까이 있는 평지의 넓은 밭에서는 두 녀석이 말 달리는 소리를 내며 신나게 달리고 엎치락뒤치락 으르렁대며 씨름을 한다. 돌아오는 길에 탐진이는 슬쩍 산등성이에 있는 명곤네 밭으로 올라가곤 하는데 내가 내려오라고 소리치면 금세 내달려온다.

그런데 어제는 아무리 불러도 내려오지 않았다. 하는 수 없이 그냥 집으로 돌아오니 산속으로 돌아 나왔는지 가로등 불빛이 환한 탱자나무 뒤에서 어정거리고 있었다. 내가 "탐진아, 이리와." 하고 불러도 곁눈질만 슬쩍 할 뿐, 저 볼일만 본다. 나는 화가 나서 대나무 잔가지를 하나 집어 들고 "매매할거야!" 하고 소리를 쳤다. 그래도 들은 척 만 척 계속 약을 올린다.

그러다 갑자기 내가 화가 잔뜩 난 것이 마음에 걸렸는지 몸을 납작하게 구부리고 내 앞에 조심스럽게 다가와 엉거주춤 앉았다. 나는 탐진이 이마에 꿀밤을 한 방 먹였다. 그러자 갑자기 녀석은 과자나 들고 명령해야 따라하던 재롱을 구령도 없이 하기 시작했다. 엎드리고, 구르고, 나중에는 용서를 비는 아이처럼 애교스럽게 슬그머니 나를 올려다보았다.

빛을 만난 진달래

올 겨울이 몹시 추웠지만 우리 집 마당의 꽃들을 얼어붙게 하지는 못하였다. 보드라운 설상화 주홍색 꽃잎은 추위에 파랗게 떨면서도 화사한 햇살만 비치면 빨갛게 피어 바다를 바라보았다.

오랜만에 명곤네가 밭에 나왔다. 묵은 고춧대를 모아 불에 태우고 땅을 기름지게 할 퇴비를 군데군데 옮겨다 놓았다. 나를 보더니 반색을 하며 "웜메! 잘 살았소? 동네가 훤한 것 보닝께 겨우내 안 놀고 일 많이 했고만잉." 한다.

원시림 같은 주변의 숲이 너무 좋아 나뭇가지 하나 꺾는 것조차 허락할 수 없었던 나였지만 올 겨울은 사철 푸른 관목(도시에서 울타리용으로 많이 심는)을 엄청나게 잘라내었다. 뱀도 없고 키 큰 갈대가 내 발을 헛딛게 하지 않는 얌전한 겨울 숲에서 소나무의 숨통을 조이는 넝쿨을 제거하다가 빽빽하게 들어선 푸른 관목 사이에 숨겨져 있던 수많은 진달래나무를 발견한 것이다. 이렇게 많은 진달래가 응달에서 꽃 한번 피지도 못하고 여러 해를 지낸 것이다. 이곳 사람들이 끼드박나무라고 부르는 이 사철 푸른 관목은 가지를 쳐서 잎을 염소나 사슴 먹이로 주지만 금세 새 가지가 돋아나 무성하기 그지없고 바닥에까지 가지를 뻗어내려 그 주변에는 풀 한 포기 살기 어려운 형편이다. 나는 매일 나무를 쳐내고 진달래는 햇빛과 만났다. 밤마다 손목과 어깨에 파스를 붙이고 내일은 쉬어야지 해놓고 다음날이면 또 숲으로 갔다. 숲이 너무 무성하고 어두워 죽은 어린 소나무와 큰 나무의 죽은 가지를 잘라내어 햇빛과 바람이 잘 통하게 해주는 일이 겨우내 계속되었다.

  오래잖아 우리 집 주변 산등성이에는 진달래가 만발하여 봄을 찬미하리라.

나의 산 나의 바다

2004. 02. 18.

바닷물이 빠져나간 갯벌에는 벌써 봄이 무르익고 있다. 파아랗게 뒤덮은 감태며 매생이가 까만 갯벌을 널따란 잔디밭으로 만들었다. 이른 점심을 든 아낙네들이 알록달록 색깔 고운 봄 스웨터를 입고 우리 집 앞을 지나 갯벌로 몰려들었다. 파래나 감태보다 섬세하고 부드러운 매생이는 이들이 즐겨 먹는 해초다. 매생이 한 움큼을 싱싱한 굴과 함께 냄비에 넣고 불 위에 덖으면 물이 생기며 진한 스프가 된다. 향긋한 바다 내음이 목구멍으로 부드럽게 넘어가며 탄성을 자아낸다.

"앗따, 징허게 시원헝만잉." 물론 혓바닥이 델 정도로 뜨거운 국이다.

한나절 뜯은 수확물들을 머리에 이고 느릿한 걸음걸이로 아낙들이 우리 집 앞을 지나다 동쪽 숲에서 죽은 나뭇가지를 톱질하는 나를 보았다. "웜메! 뭔일이당가. 뭣땀시 힘들여 그짓을 허요?" 한 아낙이 걸음을 멈추고 말을 건다.

"거그 무신 보물이라도 있다요?" 다른 아낙이 거든다.

"아이고, 톱질허면 뼈칠턴디(힘들 터인데)." 아낙들이 웅성거리며 모두 죽 늘어섰다.

"그늘이 져 나무들이 자꾸 죽어서요. 이렇게 가지 쳐주면 진달래꽃도 보고 들국화도 보니 좋잖아요." 하고 내가 대꾸하자 나이든 아낙이 어이없다는 표정으로 나를 바라보며, "나무야 죽거나 말거나 무슨 대수여. 천지가 나문디. 그러다 몸살나것소." 한다.

"그래도 꽃이 피면 모두 좋다 실걸요?" 하고 내가 대답하자

"좋기야 좋치이, 헌디 꽃이 피면 멋혀. 피면 피고 말면 말지. 이녁 산도 아닌디 사모님 힘빼닝께 허는 말여." 하고 충고를 던진다.

산이든 바다든 모든 자연은 가까이 사는 사람이 임자다. 숲속을 거닐고 바다를 바라보며 행복을 느끼는 내가 임자이기에 숲속을 정리하고 바닷가를 청소하는 것은 노동의 차원을 넘어 즐거움인 것이다.

고흐의 별들

햇살이 눈부신 한낮, 장대 씨네 온 가족이 우리 집 앞을 지나간다. 작
년 봄 콩밭에 나들이 나왔던 까투리 가족처럼 거의 일렬로 줄을 지어
걷고 있다. 맨 앞에는 바다에서 찬거리를 거두어 담은 자루를 어깨에
멘 장대 씨와 작지만 다부지게 생긴 강아지가 똑똑하게 생긴 눈으로
주위를 살피며 우리 집 개들 짖는 소리에 긴장한 듯 몸을 낮추어 주인
을 따라가고, 다음에는 초등학교에 다니는 큰아들, 그리고 장대 씨 색
시가 작은아들과 걸어간다.

  나는 "안녕?" 하고 온 식구에게 인사를 건넨다. 장대 씨는 미소를 띤
얼굴로 "안녕하세요?" 하고 대답하고 두 아들은 고개를 숙여 인사를
한다. 맨 뒤에 오던 장대 씨 색시는 수줍음과 반가움이 뒤섞인 얼굴로
나를 바라보며 아기처럼 예쁘게 손을 흔든다. 나이 삼십이 넘은 아낙
의 웃는 얼굴이 어쩜 저리 순진무구할까……. 사람들 사이에 있을 때
두 부부는 말이 없고 주눅이 든 것처럼 보인다. 그러나 가족들과 함께
있을 때는 그 어느 가족보다 행복하게 보인다. 나를 보면 항상 환하게
웃어주는 그들 덕분에 나도 더불어 행복해졌다.

어린 왕자의 별 450X320

아무리 피곤해도 저녁 산보를 거를 수가 없다. 셰퍼드 탐진이와 보람이가 나와 방파제까지 가는 산보시간을 애타게 기다리기 때문이다. 다른 세 마리 개들이야 낮에 풀어놔도 걱정이 없지만 탐진이와 보람이는 동네사람들이 생긴 모습만 보고도 겁을 내기 때문이다. 사실 탐진이는 우리와 떨어져 훈련소에서 넉 달이나 훈련을 받았지만 여전히 사나워서 마음을 놓을 수가 없다.

개들 핑계를 대며 나온 밤늦은 산보에서 매일 다른 모습의 밤바다를 바라보고 반 고흐의 보석 같은 별들의 속삭임을 듣는다. 나는 우리 집 밤하늘의 별들을 '고흐의 별들'이라고 이름 지었다. 어느 그믐날, 까만 비로드의 밤하늘에 수많은 다이아몬드를 뿌려 놓은 듯 눈부시던 별들은 고흐 특별전이 열렸던 오르세이 미술관 전시실에 걸려있던 고흐의 별들이었다. 죽은 뒤 별이 되고 싶어 가슴에 총을 쏜 고흐의 처절한 고독이었다. 보리밭 위로 까마귀가 날던 오베르 들판의 그 별들이었다.

가장 순수한 사람들과 아름다운 자연이 조화를 이루는 이 포구가 한없이 사랑스럽다.

우리 집 마당

이 섬에 이사 온지 만 2년이 다 되어간다. 울긋불긋, 화사한 색들의 꽃이 만발한 우리 집을 보며 동네 사람들은 "겁나게 꽃도 많이 폈네잉. 여그가 엊그제는 쑥대밭이었는디, 인제 꽃동네가 되어부렀구만잉. 이쁜 꽃을 보닝께 참말로 좋긴 좋네. 맨날 애쓴 보람 있소잉." 한다.

옛날부터 이 터에 자리 잡고 살아온 커다란 두 그루 목고실나무는 온통 보라색 꽃송이로 뒤덮여 우리 집 마당에 황홀한 향기를 뿌려댄다.

과일나무 어린 묘목들은 성큼 자라 열매를 맺었다. 작년에 심은, 개집 앞 키 작은 앵두나무에는 빨간 앵두가 닥지닥지 열렸고 축대 중간 사잇길의 복숭아나무에도 화사한 꽃이 만발하더니 복숭아가 대여섯 개 달렸다. 여러 그루 감나무 중 성장이 좋은 몇 그루는 꽃 피울 준비를 하고 있다. 마당 끝에 제일 무성하게 잘 자란 보라색 잎의 자두나무도 봄에 몇 송이 꽃이 피었었다. 꼿꼿한 무화과나무도 열매를 매달았었는데 열매가 온데간데없어졌다. 무화과 가지에 앉아 있다가 나 몰래 장미꽃과 흰 작약꽃의 연보라 꽃술을 파먹은 산비둘기들이 먼저 시식한 것이 분명하다. 아직 익지도 않은 열매인데……. 모과나무와 매

산기슭 쪽 우리 집 마당 540X370

실, 대추나무는 너무 어려 꽃도 피지 않았다.

향긋한 인동초 향기를 따라 내리막길로 내려가며 산딸기를 따서 입 안에 넣는다. 달콤한 시럽이 산딸기 씨들을 이빨 사이에 쏟아놓는다.

포구의 초여름

우리 집 셰퍼드 탐진이는 만 두 살이 되었고, 암컷인 보람이는 만 한 살이 되었다. 개들이 점점 커지면서 나도 점점 힘이 세졌다. 그래도 목줄을 매어 산보시킬 때 갑자기 개가 용을 쓰면, 허리가 꺾일 듯 내 몸이 휘청하거나, 줄을 놓치지 않으려고 끌려가다 무릎을 깨기 일쑤였다. 그런데 만 두 살이 가까워지면서 수컷 탐진이는 개구쟁이 티를 벗고 아주 의젓해졌다.

진돗개 호숙이와 제일 작지만 큰 누나인 포구는 바닷가에 나들이 나온 염소를 공격한 이후 우리 안에 갇히는 처량한 신세가 되었고, 하얀 진돗개 진돌이 역시 동네 소막에서 여친과 밤새 데이트를 즐기고 새벽에 귀가하기를 여러 날, 화가 난 남편이 금족령을 내렸다.

다섯 마리의 개와 시원한 연잎 그늘에 쉬고 있는 열댓 마리의 빨간 금붕어, 그리고 여전히 꺽꺽대는 장끼네 가족들, 산비둘기, 대숲의 꼬마 참새들, 소리만 들리는 뻐꾸기, 명곤네 콩밭을 파헤치며 굼벵이를 잡는 까치, 포구에는 이렇게 많은 식구들이 여름을 맞이하고 있다. 주정뱅이 구 씨 역시 여전히 새까만 얼굴로 포구와 마을을 하루에 두세 번씩 오가며 건재한 나날을 보내고 있다.

명곤네 허수아비

2004. 06. 02.

올해 우리 집 앞 김 씨 문중 밭에 명곤네는 콩을 심었다. 고추의 병충해를 줄이기 위해서 해마다 고추와 콩을 번갈아 심는다. 콩을 심기가 무섭게 꿩들이 잔칫상을 받았다고 난리가 났다. 명곤네는 하얀 스티로폼으로 머리통을 만들고 열십자 막대기에 흙투성이의 비닐쪼가리 누더기를 걸친 거지 허수아비를 열 개나 세워 놓았다.

현관문을 열면 볼썽사나운 허수아비 때문에 영 심사가 사나웠다. 그렇다고 남의 생계가 달린 농사에 왈가왈부할 수도 없고, 남편이 명곤이 아빠에게 "명곤이 엄마 예쁜 옷 좀 입혀놔요, 명곤이 엄마 본 듯 바라보게." 하고 웃으며 농을 걸었다. 명곤이 아빠는 계면쩍은 듯 "콩 싹만 나오면 걷을 것잉게." 하고 웃었다.

비가 땅을 촉촉이 적시자 예쁘고 귀여운 콩 싹이 빼곡하게 나왔다. 이번에는 산비둘기 녀석들이 보드라운 콩 새순을 쪼아 먹는다. 아침 일찍 일어난 동생 내외가 내 이웃사촌 농사 망칠까 걱정이 되었는지 휘이휘이 하고 새들을 쫓아낸다.

고양이에게 물려 보셨나요?

며칠 전 우리 집에 놀러 온 동생 내외가 명사십리 구경을 가고 남편은
작업장 기계실에 문제가 생겨 소음 속에 묻혀 있었다. 언제나 그렇듯
이 나는 잔뜩 뽑은 풀을 명곤네 밭 귀퉁이에 있는 퇴비장으로 가져갔
다. 통발 하나가 밭 입구에 굴러 와 있다. 누가 통발을 버렸나 하고 가
까이 가보니 통발 안에 날카로운 이빨을 잔뜩 드러낸 흥분한 하얀 얼
룩무늬 노란 고양이가 쉿소리를 내며 나에게 으름장을 놓아댄다. 통발
안에 있는 꿩 날개 하나가 상황을 말해주고 있었다.

밭 뒤 덤불에 명곤네가 놓은 통발에 꿩이 걸려들었고 고양이가 통발
에 들어가 꿩을 맛있게 먹어치우고 나갈 길을 잃은 것이다. 얼마나 몸
부림을 쳐댔는지 덤불에서 완만한 경사를 따라 길 가까이까지 통발이
데굴데굴 굴러온 것이다.

꿩을 한 마리 먹었기로서니 배가 너무 부른 것이 첫 새끼를 밴 앳된
고양이였다. 나는 재빨리 가위를 가져다 통발의 그물망을 잘랐다. 몸
부림을 치는 과정에 오른쪽 뒷다리가 그물과 철망에 심하게 얽혀 뒷다
리는 속살이 드러나 피가 나 있었다. 몸통은 밖으로 나왔지만 발목이

마야처럼 섹시한 우리 집 고양이 300X210

잡힌 고양이는 달아나지도 못하고 나에게 사납게 이빨만 드러낸다. 여러 번 고양이를 구해 주었지만 이렇게 사납게 군 녀석은 처음이었다. 잘못하면 물릴 수도 있겠다는 생각이 잠깐 들었다. 그래도 어찌해 볼 양으로 통발을 들어 올려 고양이 머리가 아래로 가게 하고 가위로 발에 얽힌 질긴 망을 자르려 했으나 통발의 형태를 이루는 나선형 철사 틈에 발목이 끼어 가위로는 도저히 어떻게 할 수가 없었다.

그런데 순간 용수철처럼 고양이가 튀어 올라 가위를 들고 팔을 쭉 뻗은 왼쪽 내 겨드랑이 안쪽 팔의 말랑말랑한 살을 힘껏 물어뜯었다. 칼날처럼 날카로운 고양이 이빨이 살로 깊이 파고들었다.

나도 모르게 비명이 튀어나왔다.

고양이를 뜯어내려고 고양이 발목이 낀 통발을 집어던지려 했지만 고양이 발톱은 내 앞치마를 움켜쥐고 거듭 세 번을 다시 물어뜯었다.

"야아. 이렇게 고양이에게도 계속 물리면 죽겠구나." 하는 생각이 들었다.

내 비명소리는 온 포구에 울려 퍼졌고 우리 집 개들과 숲속의 산새들이 괴성에 놀라 안절부절못하고 있는 동안, 남편은 기계실 옆 굵다란 파이프에서 폭포처럼 쏟아지는 물소리에 아무것도 모르고 있었다. 피로 범벅이 된 팔을 묶지도 못하고 2분 거리에 있는 병원으로 차를 몰았다.

고양이는 죄가 없지

2004. 06. 13.

고양이에게 물린 지 열흘이 지났지만 자줏빛 피멍과 까맣게 딱지가 앉은 선명한 이빨자국, 그리고 동그란 이빨자국 안의 단단한 멍울이 그날의 맹렬한 공격을 말해주고 있다.

병원에 도착하자마자 상처에서 피를 짜내고 깨끗이 소독한 다음 주사실에서 파상풍 주사와 마이신 주사약을 양쪽 엉덩이에 맞았다. 쏙쏙 쑤셔대는 상처의 통증에다 엉덩이 주사까지 한몫을 더해 땀으로 범벅이 된 내 몰골은 완전히 일그러져 있었다.

"밤에 열이 오르고 오한이 날지도 몰라요." 하고 의사선생님은 나에게 겁을 주었다. 집에 돌아오니 고양이는 통발을 매단 채 명곤네 밭 가운데 서 있었다. 마침 명곤 아빠가 옛집에 있는 짐승들 먹이를 주러 새로 산 청색 중고트럭을 몰고 천천히 오고 있었다.

나는 명곤네 차를 세우고 자초지종을 이야기했다.

"명곤 아빠가 통발 덫 놓았어요?" 하고 내가 묻자. 명곤 아빠는 "아녀라우." 하고 부정한다. 그리고는 "야생짐승이 얼마나 사나운디 사모

잔인한 인간들(회를 뜬 후 어항에 다시 넣어진 생선) 300X210

님 혼자서 그런 일을 해라우-. 멀라고 건들었소, 그냥 놔두지는." 하
며 밭 가운데 서 있는 고양이가 밭을 망칠까 걱정이 되는 눈치다.

"통발에 발이 끼었으니 그대로 두면 굶어죽을 거예요. 어떡하죠?"
하고 묻는 나를 한심한 듯 바라보더니 "그냥 놔두쇼. 건들다 큰일나게
라우?" 하더니 기다란 대나무 막대로 고양이 발목을 잡은 통발을 들어
대롱대롱 매달린 고양이를 냅다 숲으로 던져버렸다.

병원에서 내가 건 전화에 놀란 남편은 행여 늙발에 홀아비 신세가 될
까 봐 겁에 질려 있었다. 놀란 가슴을 쓸어내리며 "괜찮아? 정말 괜찮
아?" 하고 몇 번이나 되물었다.

다음날 아침 나는 남편이 화를 낼까봐 산딸기 따러 가는 양 바구니를
들고 숲으로 갔다. 엄지손 마디만큼 굵은 산딸기가 빨갛게 널려 있는
덤불 속에서 고양이는 나를 보고 다시 화를 내기 시작했다. "얘, 너를
살려 주고 싶은데 이렇게 사납게 구니 어째야 할 지 모르겠구나." 하
고 한숨을 쉬며 집으로 돌아와 현관 옆 응접실에서 담배를 피우고 있
는 남편에게 고양이를 살려주자고 설득을 했다. 사실 고양이에게 물렸
을 때는 지독한 통증에 몹시 화가 나 우리 집개들에게 혼쭐이 나게 해
주고 싶었다. 그러나 고양이는 단지 제 본능에 따랐을 뿐 아무 잘못이
없고 무지한 나의 방심 때문이라는 생각이 들었다.

남편과 동생 남편은 그물로 고양이를 덮어씌우고 두 개의 긴 각목으
로 고양이가 꼼짝 못하게 X자로 목을 조였다. 그리고 발목에 엉킨 나

일론 줄과 철사를 끊으려 안간힘을 썼으나 역부족이었다. 나는 멀리 방파제에 서 있는 명곤이 아빠를 발견하고 소리쳐 불렀다. 눈치 빠른 명곤 아빠는 상황을 짐작한 듯 마지못해 "소 밥 주고라우." 하며 뜸을 들인다.

그러고도 한참 만에 느릿느릿 우리 집 쪽으로 절반쯤 왔을 때 나와 눈이 마주치자 발걸음을 멈춘다. 나는 팔을 휘저으며 빨리 오라고 소리소리 쳤다.

결국은 명곤 아빠까지 합세해 세 남자가 고양이를 통발에서 해방시켰다. 발목에 발라 줄 소독약과 가루약을 가지고 나타난 나에게 가까이 오지 말라고 남편이 화를 내는 바람에 약은 발라주지 못했지만, 상처가 깊지 않은 듯 약간 뒷다리를 절며 재빨리 마을 쪽으로 도망쳤다.

10년이 훌쩍 넘어 간 지금도 도덕 포구의 새벽은 경운기의 굉음으로 시작된다. 이제는 경운기가 반으로 줄었고 승용차나 트럭이 늘었다.

포구는 더 길게 방파제를 쌓아 옛 모습이 아니다. 배에서 굴을 퍼 올리는 거대한 기중기도 방파제에 설치되었다.

그러나 구 주사네 헌 집은 주인을 잃고 거의 쓰러질 지경이지만 여전히 제자리에 있고, 명곤 네 헌 집도 제자리에 있다.

불빛 하나 없던 포구에는 가로등이 여러 개 생겼고, 우리 집 앞 바다 건너 신지도 에도 해마다 양식장이 하나 둘씩 불을 밝히더니 이제는 해안선을 따라 길게 가로등을 켜 놓은 듯 줄지어 들어섰다.

몇 해 전 구 주사는 내가 사준 흰 고무신을 보름도 못 신고 갑자기 신발이 필요 없게 되었다.

은봉 씨는 암에 걸려 투병 중에도 경운기에

굴을 가득 싣고 포구를 왕래하며 여위어갔다. 통증을 느끼지 못하는 바람에 자신의 병을 알면서도 쉬지 않고 일을 해 식구들 애를 태웠었다.
그도 이제는 영원한 휴식을 찾았다.
양식장이 늘면서 젊은 부부들이 어린 자식들을 데리고 귀향을 한다.
적막했던 겨울 바다는 매생이 밭이 생겨 봄인 양 푸르러졌고 밤이면 알록달록 눈부시게 반짝이는 전구들이 우리 집 앞 바다를 밤의 요정들이 춤추는 무도회장으로 만들었다.
바다오리들로부터 매생이 를 지키기 위해서 설치한 것인데 오리들도 밤마다 화려한 요정들과 무도회를 즐기는지도 모른다.

백여 종의 아름다운 꽃들로 화려했던 우리 집 마당은 거의 쑥대밭이 되었다. 꽃밭 주인이 늙어 풀을 메다 자꾸 몸살이 났다.
묘목들이 쑥 자라 열매를 맺고 그늘을 만들어 꽃들이 점점 시원찮게 피더니 잡초에게 자리를 내주었다.
주인을 잃은 타샤튜터의 정원처럼 무성한 덤불로 뒤엉킨 슬픈 정원은 아니지만 잡초들이 제 세상을 만났다고 환호성을 지른다. 철철이 찍어 둔 사진만이 이 마당이 얼마나 아름다운 꽃밭이었는지 기억한다.

2016년 10월 장원숙

도시 사람의 섬 생활은 낭만이 아니다.

어떤 사람에게는 개척이 될 수도 투쟁이 될 수도 있다.

나 같은 사람에게 섬은 연민이다.

떠날 수도 버릴 수도 없는 사랑하는 이와 같다.

때로는 자연의 아름다움으로 나를 행복하게 해 주고

때로는 고독과 힘든 노동으로 지치게 만들었다.

계절마다 찾아와 아름다운 노래를 불러주는 산새들과

멀리서 항상 나를 지켜보는 보랏빛 섬들

우리 집 앞마당의 고흐의 별들

소나무 숲 사이로 떠오르는 보름달

내 곁에 서성이는 개와 고양이들, 풀숲에 숨어서 나를 보던

산짐승들 모두 나의 사랑이다.

그들은 내가 마당에서나 바닷가를 산책하며 부르는 노래를

들어주었고 내가 하는 이야기를 묵묵히 들어주었다.

이렇게 세월은 흘러가고 나는 보라색 섬이 되었다.